データで学ぶ『新・人間革命』Vol.1

1巻～3巻

パンプキン編集部・編

潮出版社

データで学ぶ

「新・人間革命」Vol.1

・1巻～3巻・

パンプキン編集部・編

潮出版社

はじめに

25年にわたり執筆が続けられた大河小説『新・人間革命』は、創価学会の歴史、池田SGI（創価学会インタナショナル）会長の思想と行動を学ぶための重要な一書です。

主人公・山本伸一《やまもとしんいち》の行動をつらぬくものは、師・戸田城聖（創価学会第二代会長）の遺命をすべて実現しようとする熱き思いです。伸一がそのためにどのような奮闘を重ねてきたか、『新・人間革命』にはつぶさに描かれています。読者はそれを読むことを通じて、仏法の根幹ともいうべき「師弟の精神」について、深く学ぶことができます。

そしてまた、『新・人間革命』は、読者がよりよき人生を送るための指針の花束でもあります。

『人間革命』『新・人間革命』に共通するテーマは、「一人の人間における偉大な人間革命は、やがて一国の宿命の転換をも成し遂げ、さらに全人類の宿命の転換をも可能にする」（『人間革命』第1巻「はじめに」）という原理です。

人生においてさまざまな苦難にぶつかる読者たちは、『新・人間革命』の随所に、その難を乗り越えて宿命転換を果たすための「鍵」を見いだすことができます。ときには伸一の言葉の中に、またときには物語の中にちりばめられた個々の会員の体験の中に……。その意味で、『新・人間革命』は〝読者一人ひとりの人間革命のための書〟ともいえます。

本書は、月刊「パンプキン」に連載中の「データで学ぶ『新・人間革命』」のうち、3巻分までを一部修正・加筆してまとめたものです。

小説に描かれている時代の背景や、言及される歴史的な出来事・人物などについて、より深く知るためのヒントとなるコラムやデータを集めています。読者の方々の『新・人間革命』研鑽の一助となれば、幸いです。

「パンプキン」編集部

Contents

もくじ

第1巻

旭日の章

新世界の章

錦秋の章

慈光の章

開拓者の章

Contents

第2巻

先駆の章

錬磨の章

勇舞の章

民衆の旗の章

第3巻

仏法西還＆月氏の章

仏陀の章

平和の光の章

巻末資料

Contents

『新・人間革命』にこめられた池田SGI会長の「思い」とは？

池田大作SGI（創価学会インタナショナル）会長が25年にわたって執筆《しっぴつ》を続けてきた、大河《たいが》小説『新・人間革命』――。それを第1巻から改めて学ぶにあたり、まずは『新・人間革命』を池田会長がどんな思いで執筆してきたかを、再確認してみたい。

「励《はげ》ましの手紙」として書かれる小説

『新・人間革命』は、「聖教新聞」1993（平成5）年11月18日付から始まった。2018（平成30）年9月8日付の完結で連載は6469回に達し、日本の新聞小説史上の最長記録を更新《こうしん》した。『新・人間革命』以前の最長記録は、山岡《やまおか》荘《そう》八《はち》の『徳川《とくがわ》家康《いえやす》』の4725回（余話も含む）であった。

連載期間の長さにもまして特筆すべきは、『新・人間革命』が民衆のために書かれている小説であるということだ。

また、池田SGI会長自身は、執筆にかける思いについて、随筆「新・人間革命」で次のように記している。

「できることなら、全同志の皆《みな》さま、お一人お一人にあてて、感謝と励ましの手紙を差し上げたい。

しかし、身は一つである。

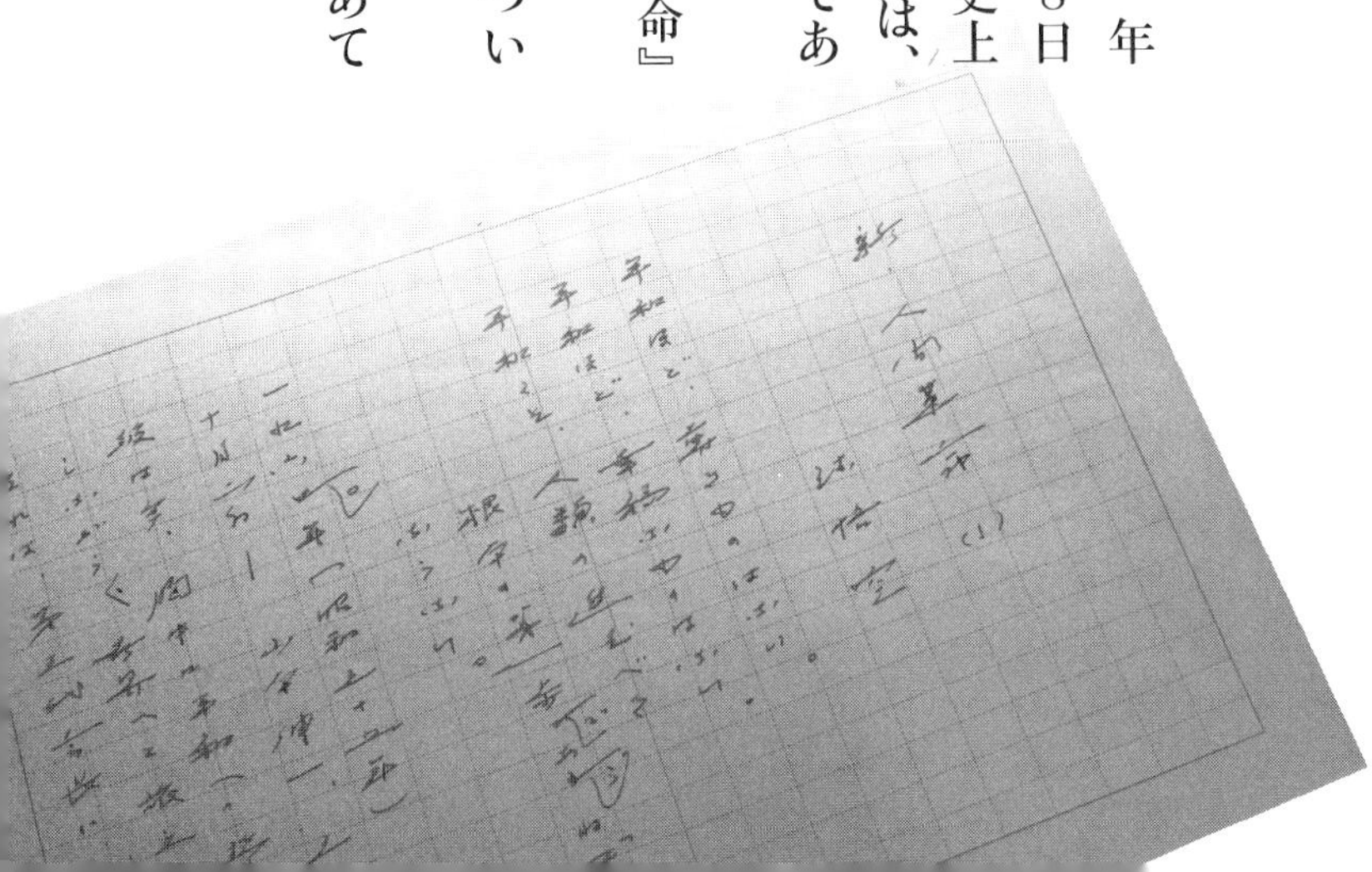

そこで、毎日、手紙をつづる思いで、小説『新・人間革命』の執筆に取り組んでいる[※1]」

小説の形をとった、すべての読者への「励ましの手紙」――それが『新・人間革命』なのである。

世界平和をめざす激務《げきむ》の中で執筆

『新・人間革命』の連載に先立って書かれた「はじめに」で、池田SGI会長は次のようにつづっている。

「完結までに三十巻を予定している。その執筆は、限りある命の時間との、壮《そう》絶《ぜつ》な闘争《とうそう》となるにちがいない」

そもそも、ほぼ毎日掲載される新聞連載小説は、専業の小説家にとっても過《か》酷《こく》なものだ。たとえば、時代小説の藤沢周平《ふじさわしゅうへい》は、国民的人気を得ながらも新聞小説の少ない作家だったが、それは「主として体力不足が原因[※2]」だと、「新聞小説と私」というエッセーにつづっている。

また、夏目漱石《なつめそうせき》の名作の多くは「朝日新聞」に連載されたが、漱石は「文士の生活」という談話記事《だんわきじ》の中で、新聞小説執筆について次のように述べている。「一回書くのに大抵《たいてい》三四時間もかかる。然《しか》し時に依《よ》ると、朝から夜までかかって、それでも一回の出来上らぬ事もある」※3

文豪《ぶんごう》でさえ、新聞小説には苦心惨憺《くしんさんたん》するものなのだ。ましてや、池田会長は専業作家ではない。その執筆は、海外歴訪《れきほう》や各国の識者《しきしゃ》・指導者との会見、各地域の友への激励《げきれい》など、世界平和のために奔走《ほんそう》する激務のさなかになされてきたのだ。寸暇《すんか》を惜《お》しみ、身を削《けず》る執筆作業は、まさに「壮絶な闘争」と言うほかはない。

行動に裏づけられた「平和への祈《いの》り」

『新・人間革命』の執筆が始められたのは、93年8月6日――。広島に原爆《げんばく》が投下されてからちょうど48周年となる日の朝であった。その日にあえて、「平和ほど、尊きものはない。平和ほど、幸福なものはない。平和こそ、人類の進むべき、根本の第一歩であらねばならない」との一節から、池田会長は筆を起こしたのだ。のちに会長は、「それは、『原爆の日』に、みずからに下《くだ》した、平和への闘争宣言《とうそうせんげん》であった」[※4]と述べている。

そのことが示すとおり、『新・人間革命』は全編に平和への祈りが流れる大《たい》河《が》小説だ。そして、その祈りはつねに行動に裏づけられている。『新・人間革命』における「平和」とは、理想や観念としての平和ではない。山本《やまもと》伸一《しんいち》とその弟子《でし》たちが、平和を希求《ききゅう》していかに行動し日本や世界を駆《か》けめぐったか――その行動の軌跡《きせき》がつぶさに描《えが》かれているのだ。「平和への行動」と言っても、反戦運動などだけが当てはまるわけではない。戦争がなくても、人びとが悲惨《ひさん》な状態にあったなら平和とは言えない。だからこそ池田会長は、人びとに生きる希望を与《あた》えることに、何よりも力を尽《つ》くしてきた。その積み重ねこそが、じつは平和を創《つく》るたしかな道だから……。「一人ひとりの人間の蘇生《そせい》と歓喜《かんき》なくして、真実の平和はない」（「旭日《きょくじつ》」の章）のだ。

「この地球上から悲惨の二字をなくしたい」

これは、戸田城聖《とだじょうせい》が折《おり》にふれ口にしていた悲願である。『新・人間革命』に描かれた伸一の行動はすべて、その師の悲願を実現するためのものと言える。苦悩《くのう》する民衆の中に飛《と》び込《こ》み、一人ひとりの心に「勇気の灯」を点じる。伸一が各地でくり返すそうした行動によって、世界に少しずつ「平和と幸福の大河」が切《き》り開《ひら》かれていく——『新・人間革命』とは、そのプロセスをたどった一大絵巻なのである。そして、弟子が師の遺命《ゆいめい》を果たさんと切り開く「大河」だからこそ、世界広布の進展はそのまま師、戸田城聖の偉大さの証明ともなる。「恩師の精神を未来永遠に伝えゆくには、後継の『弟子の道』を書き残さなければならない」(「はじめに」)との思いから執筆されてきた『新・人間革命』は、「師弟の精神」につらぬかれた小説でもあるのだ。

「起稿の歓び」

あわせて読めばもっとわかる
『新・人間革命』と『人間革命』

人間革命

1964.12.2〜1992.11.24	執筆期間《しっぴつ》
沖縄《おきなわ》	執筆開始場所
泥沼化《どろぬまか》の一途《いっと》をたどるベトナム戦争。北爆《ほくばく》(北ベトナムへのアメリカ軍による空爆)の拠点《きょてん》の一つが、太平洋戦争で苛烈《かれつ》な地上戦の舞台となった沖縄だった。戦争の惨禍《さんか》にもっとも苦しんだ沖縄から平和と幸福の波を全世界に広げようとの願いがこめられている。	執筆開始時の世界情勢
1965. 1.1〜1993.2.11	掲載期間《けいさい》
1509回	掲載回数
全12巻	巻数
黎明《れいめい》	最初の章タイトル

戦争《せんそう》ほど、
残酷《ざんこく》なものはない。
戦争ほど、
悲惨《ひさん》なものはない。
だが、その戦争は
まだ、つづいていた。

平和《へいわ》ほど、
尊《とうと》きものはない。
平和ほど、
幸福《こうふく》なものはない。
平和こそ、
人類《じんるい》の進《すす》むべき、
根本《こんぽん》の第一歩《だいいっぽ》で
あらねばならない。

新・人間革命

執筆期間《しっぴつ》	1993.8.6～2018.8.6
執筆開始場所	長野(軽井沢)
執筆開始時の世界情勢	東西冷戦はようやく終結したが、未来はまだ深い霧《きり》の中にあった。戦争なき、暴力なき、悲劇なき二十一世紀をどのように開いていくか。恩師の真実を書き残すことを決意した軽井沢の地で、広島の「原爆の日」に自らに下した、平和への闘争《とうそう》宣言であった。
掲載期間《けいさい》	1993.11.18～2018.9.8
掲載回数	6469回
巻数	全30巻※
最初の章タイトル	旭日《きょくじつ》

(※第30巻は、上・下2分冊で刊行)

Column 1 なぜ小説なの？

●聖教新聞の創刊号（1951年4月20日）から小説『人間革命』を連載した戸田城聖は、次のように語っている。

「私は、自分が体験し、会得したことの真実を、皆に伝えたかっただけだよ。小説という形をとったのは、真実を描くにはその方がむしろよい」※5

池田SGI会長も『人間革命』の「はじめに」において、「人間の網膜に映った単なる事実が、ことごとく真実を語っているとは限らない。いや、真実を歪め、真実を嘘にすることもあろう。（略）一見、仮構と思われるその先に、初めて真実の映像を刻みあげることができる」と記している。

Column 2 『人間革命』の広がり最新情報

●『人間革命』の新聞連載が始まったのは1965年のこと。

その『人間革命』を「五十年後の、若い読者が読んでもよくわかるように」と表現・表記を一部改め、新しく発見・公開された歴史資料も反映した形で刊行されたのが『人間革命』第2版だ。

2012年からの『池田大作全集』への収録を経て、2013年12月には聖教ワイド文庫で全12巻が出そろった。第2版は、電子書籍でも読むことができるようになっている。

『人間革命』は海外9言語、『新・人間革命』は、2011年にギリシャ語版が刊行され、13言語に翻訳・出版されている。

Column 3 章のタイトルに注目すると

●「広宣流布《こうせんるふ》の大指導者である戸田の出獄《しゅつごく》は、人類の平和の朝を告げる『黎明《れいめい》』にほかならない」（第9巻「衆望」）。「黎明」の章ではじめられた『人間革命』は、伸一が第三代会長に就任する「新・黎明」で閉じられた。

黎明とは、夜が明ける前の状態、『新・人間革命』が黎明の後に昇《のぼ》る朝日を表す「旭日《きょくじつ》」ではじまっている理由は、『人間革命』と繋《つな》げてみるとよくわかる。

「世界広布の第一ページを開いたハワイ訪問は、わずか三十数時間の滞在《たいざい》にすぎなかった。しかし、ここに、人類の歴史に新しい夜明けを告げる、平和の旭日は昇ったのである」（第1巻「旭日」）

Column 4 ペンネームの由来

●『人間革命』『新・人間革命』に登場する山本伸一。

この名前は、戸田のもとで雑誌「少年日本」の編集にかかわっていたときの池田SGI会長のペンネーム・山本伸一郎がそもそもの由来だ。

若き編集長として池田青年は、子どもたちに向け、ペスタロッチやジェンナー、ベートーベンの伝記をこのペンネームで書き綴っていた。

戸田は、このペンネームを見て、「なかなかいいじゃないか。山に一本の大樹が、一直線に天に向かって伸びてゆく」※6と微笑みながら語ったという。

【出典】※1、4『池田大作全集』第129巻　※2『ふるさとへ廻る六部は』　※3『夏目漱石全集』第10巻　※5 池田大作著『人間革命』第12巻「涼風」の章　※6『池田大作全集』第22巻

『新·人間革命』

第1巻

旭日の章
新世界の章
錦秋の章
慈光の章
開拓者の章

旭《きょく》日《じつ》の章

平和旅がハワイから始まった意義

『新・人間革命』「旭日」の章では、山本伸一の「世界広布の第一歩」たる旅の出発が描かれる。最初の目的地は、ハワイ。牧口常三郎《まきぐちつねさぶろう》（創価学会初代会長）も、いち早くハワイを〝西洋と東洋、アメリカとアジアの、人間・文化を結ぶ世界の重要な島〟ととらえ、注目していた。伸一の平和旅がハワイから始まったその意義を、ハワイ日系人の歴史などを通して考えてみよう。

戦争に翻弄《ほんろう》された日系人たち

1960（昭和35）年10月2日、会長就任《しゅうにん》からわずか5か月後の山本伸一は、羽田から初の海外歴訪《れきほう》に旅立つ。ハワイのホノルル空港に到着《とうちゃく》。ハワイ滞在《たいざい》はわずか30数時間であったが、その間に海外初の「地区」を結成するなど、のちにSGIが世界192か国・地域へと広がる大発展の、最初の礎《いしずえ》を築いた。

ハワイで伸一が出会った現地のメンバーは、大半が日系人。それぞれが、ハワイ日系社会の重い歴史を背負っていた。

ハワイ州における日系人は現在、人口の13%を超《こ》える。日本からの最初の移住者は1868（明治元）年で、当初は、おもにサトウキビ産業に従事する労働者となるための移住であった。以後、明治・大正期を通じ、数十万人にのぼる日本人がハワイに渡《わた》った。日系人たちは、長い年月をかけてハワイに溶《と》けこんできた。だが、1941（昭和16）年、ハワイの真珠湾《しんじゅわん》が日本軍に奇《き》襲《しゅう》されて太平洋戦争が始まると、運命は暗転。「敵国人《てきこくじん》」として差別にさらされ、多くの日系人がアメリカ本土各地の抑留所《よくりゅうじょ》に収容された。また、日系2

池田会長一行が羽田から北南米指導に出発
（1960年10月2日）

世の多くは周囲の不信を晴らすため、志願兵となって父母の祖国・日本と戦わねばならなかった。そして、たくさんの尊い命と引《ひ》き換《か》えに日系人への信《しん》頼《らい》を取《と》り戻《もど》したのだった。「旭日」の章に登場するハワイの初代地区部長ヒロト・ヒラタは日系2世だが、日本国《こく》籍《せき》ももっていたため日本軍に徴兵《ちょうへい》され、生まれ育った祖国アメリカと戦うことになった。そのような2世も少なくなかった。戦争はハワイの日系人社会を翻弄《ほんろう》し、深い傷を負わせたのである。

「旭日」の章で、ハワイに着いた伸一ら一行が真っ先に向かったのは、「太平洋国立記念墓地《ぼち》」と真珠湾《しんじゅわん》。太平洋戦争の悲劇の地に立ち、すべての戦没《せんぼつ》者《しゃ》の冥福《めいふく》を深く祈《いの》ることから、伸一の平和旅は幕《まく》を開けたのだった。

ハワイを世界平和の先駆《せんく》の地に

池田SGI会長はそのことについて、のちに「私は私の立場で、不戦《ふせん》の誓《ちか》いを新たにし、〝ハワイを世界平和の先駆の地にしよう!〟と貢献《こうけん》を決意したのです」※1とエッセーの中で述懐《じゅっかい》している。世界広布とは、人びとの心の中に平和の砦《とりで》を築き、その積《つ》み重ねによって世界平和を希求していく壮大《そうだい》な営みと言える。太平洋戦争開戦の地であるハワイこそ、その本格的な出発にふさわしかった。

　それはＳＧＩが、太平洋戦争の惨禍《さんか》の地でもあるグアム島（米兵約１４００人、日本兵約１万８０００人が命を落とした）で１９７５年に発足したこととも通底《つうてい》している。

　そして、ハワイでの伸一の行動は、生きる希望を失っていたメンバー一人ひとりと対話し、励《はげ》まし、勇気づけることに焦点《しょうてん》を当てたものであった。世界平和と言っても、けっして遠くにあるものではない。それは、眼前《がんぜん》の一人を励まし、希望を呼《よ》び覚《さ》ましていくことから始まるのだ。

ハワイの日系人のあゆみ

日本人移住者が向かった当初のハワイは、アメリカではなく、ハワイ王国だった。

　移住は、不況《ふきょう》で疲弊《ひへい》した農村問題の解決のために推進《すいしん》され、1900年にはハワイの総人口の40％を日系人が占《し》めるまでになる。一方、アメリカ領となったハワイは米西戦争でフィリピン、グアムを獲得《かくとく》したアメリカの軍事拠点《ぐんじきょてん》となっていく。厳《きび》しい環境《かんきょう》で、懸命《けんめい》に働いた1世には、人種差別が立ちはだかった。

　1世は、帰化不能《きかふのう》外国人と法的に位置づけられ、自分の農地を買うことを禁じられ、子どもに日本語教育をほどこすことも制限された。

　太平洋戦争が始まり、日本人社会がまるごと強制収容されたアメリカ西海岸とは異なり、ハワイでは指導者層以外は収容されなかったが、2世部隊の中心となったのはハワイの日系人だった。

　しかし、戦後も差別は残り、1世の帰化が認められたのが52年。59年ハワイが50番目の州に昇格《しょうかく》する際にも、日系人人口が多いことから一時、反対論が起こった。

1960年当時の時代背景

伸一が平和旅の第一歩を印した1960年の世界

核戦争による人類の終末を0時になぞらえて、人類滅亡の危険性を残り時間で表す世界終末時計。

1960年を迎えたとき、その針が指していたのは残り2分であった。「すべての男、女、子供は、ダモクレスの核の剣*がきわめて細い糸でぶら下がり、偶発事故や誤算や狂気でいつ何時切り落とされるかも知れない状態の下に生きている※2」〈J・F・ケネディ〉。

伸一が世界平和の旅に出発した「時」をデータで見てみると――。

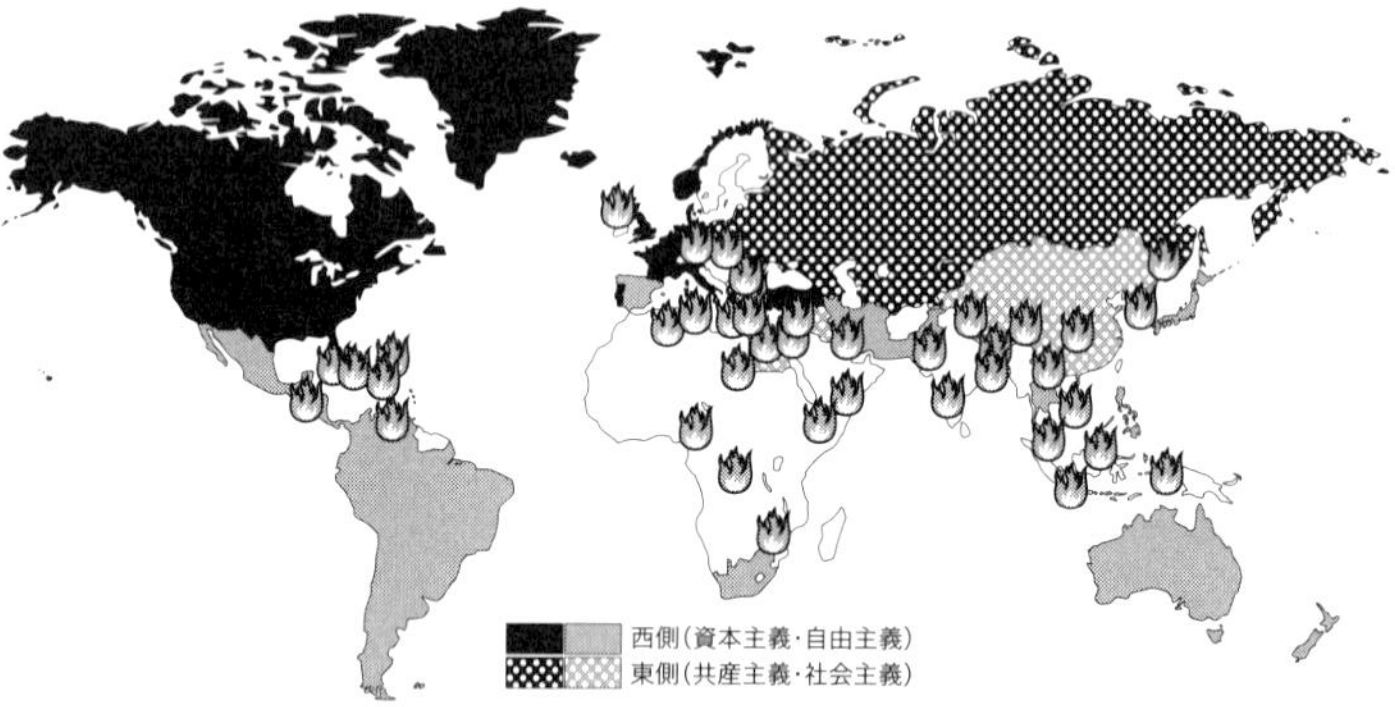

冷《れい》戦《せん》

第二次世界大戦が終わっても、世界に平和は訪れなかった。アメリカを中心とする資本主義・自由主義の西側陣営《じんえい》と、ソ連を中心とする共産主義・社会主義の東側陣営、世界は「鉄のカーテン」によって二分され、直接の戦争はないものの激しく対立する様子は、冷戦（冷たい戦争）と呼ばれた。1960年には、アメリカは約2万発、ソ連は約1600発の核《かく》兵器を保有していたと言われ、これは、地球上の人類を何十回殺しても、なお余りある数だった。

＊ダモクレスの剣

繁栄の中にもつねに危険があること。王が王位にある幸福をほめそやした廷臣のダモクレスを、天井から髪の毛1本でつるした剣の下にある王座に座らせ、栄光の座はつねに危険にさらされていることを悟らせたという古代ギリシャの故事による。

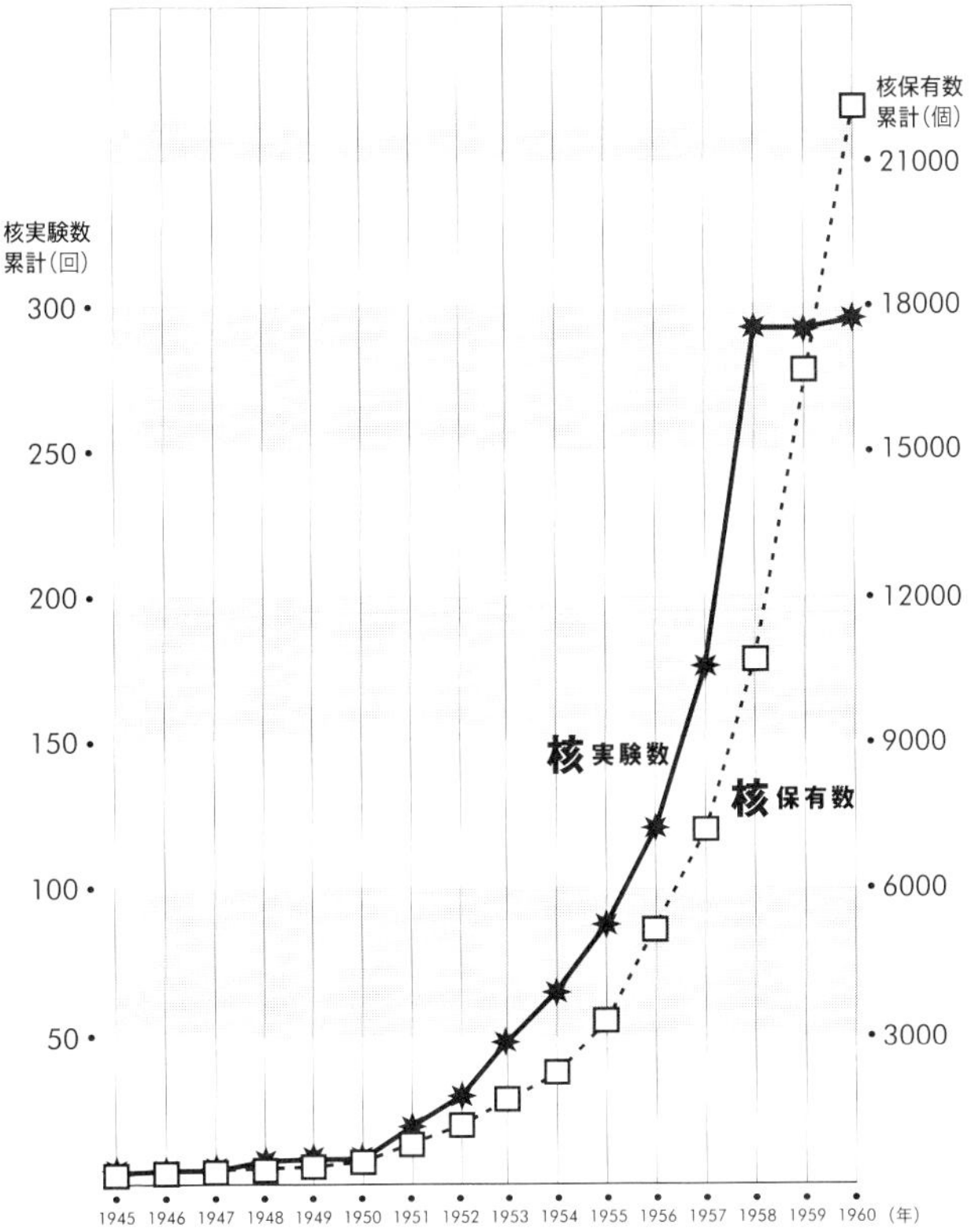

核《かく》実《じっ》験《けん》

１９４５年の原爆投下以降、米ソは、核兵器を開発するための核実験を盛んに行っていった。

54年に行われたビキニ環礁《かんしょう》での水爆実験では、実験によって生じた「死の灰」によって被爆《ひばく》する第五福竜《ふくりゅう》丸《まる》事件が起こり、日本の反核運動の契機《けいき》となった。

60年までに、より威力《いりょく》の大きな水爆の開発、大陸間弾道《たいりくかんだんどう》ミサイル、潜《せん》水艦《すいかん》から発射するミサイルの開発が行われ、60年2月にはフランスも核実験を開始。米ソ英に続き、４か国目の核保有国となった。実験地の周辺住民のなかには、いまもなお被爆《ひばく》に苦しむ人びとがいる。

【参考資料】『防衛ハンドブック』平成23年版　朝雲新聞社／外務省 軍縮不拡散·科学部 編集『日本の軍縮·不拡散外交(第五版)』外務省軍備管理·科学審議官組織／世界の核兵器の現状(社団法人原子燃料政策研究会)
【出典】※1 パンプキン2013年1月号「忘れ得ぬ旅 太陽の心で」　※2「朝日新聞」昭和36年9月26日付

新《しん》世《せ》界《かい》の章

「三指針」にこめられた思いとは？

市民権を取ること、車の免許《めんきょ》を取ること、英語をマスターすること――
山本伸一が語った、アメリカSGI草創《そうそう》期《き》のメンバーへの「三指針《ししん》」。
それは、のちにアメリカのメンバーに語り継《つ》がれる指針となった。
この「三指針」の意味、背景《はいけい》にあった伸一の「思い」について考えてみよう。

市《し》民《みん》権《けん》を取る

アメリカに永住《えいじゅう》するためには、永住権、もしくは市民権を取る必要がある。二つのうち、永住権は日本国籍《こくせき》を維持《いじ》できる方法。一方で市民権を取ることは、日本国籍を脱《だっ》して、アメリカ国民の一員となること――帰《き》化《か》を意味し、国を担《にな》う義務と責任、権利を得ることにもなる。

山本伸一が接したアメリカSGI草創期の日系《にっけい》メンバーの中には、言葉も通じない異国《いこく》での暮らしに疲《つか》れ、「日本に帰りたい」と漏《も》らす人もいた。

伸一は、アメリカに住みながら日本

に帰ることばかり考える「根無し草《ねなぐさ》の ような生活」から脱し、いまいる場所で、幸福の人生を開く主体者となってほしいとの願いをこめ、「社会に根を張る第一歩」として、市民権を取り、良きアメリカ市民となることを訴《うった》えたのだ。

2 運転免許《めんきょ》を取る

「新世界」の章に描《えが》かれた時代(1960年)もいまも、アメリカは自動車保有台数世界一の「自動車王国」だ。そして、広大なアメリカは、日常生活に車が不可欠《ふかけつ》な世界屈指《くっし》の「車社会」でもある。とくに田舎《いなか》では、自動車なくしては友人の家を訪問することもできない。自動車運転免許は、友好の輪を広げるためにも「不可欠な条件」であったのだ。

3 英語をマスターする

アメリカで暮らすために英語が必要であることは、当たり前のようにも思えるが、たとえばヒスパニック(ラテンアメリカ系)には、スペイン語しか話せない人も多い。

日系人の場合も、日系人コミュニティーという限られた社会の中で暮らす

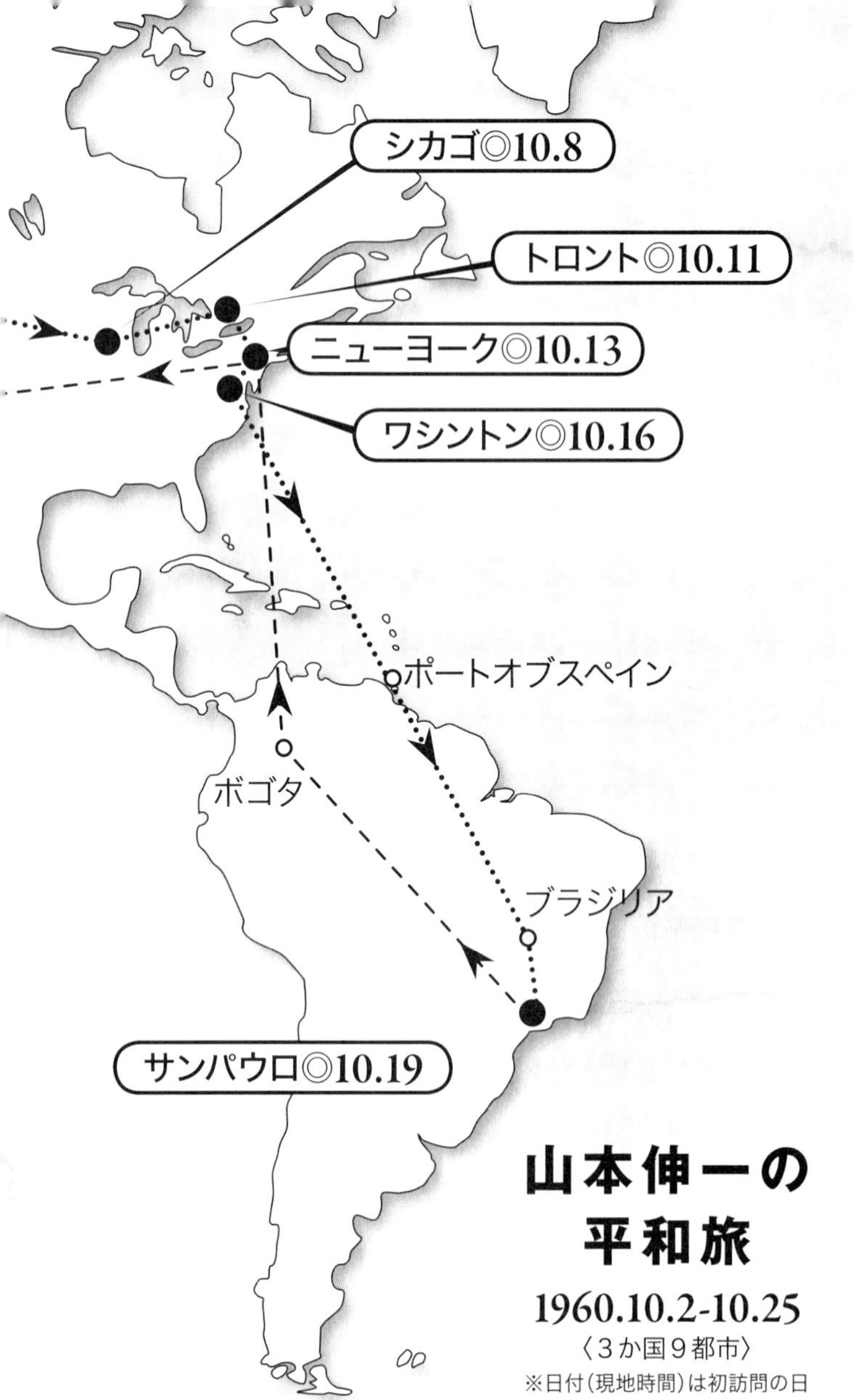

山本伸一の
平和旅

1960.10.2-10.25

〈3か国9都市〉

※日付（現地時間）は初訪問の日

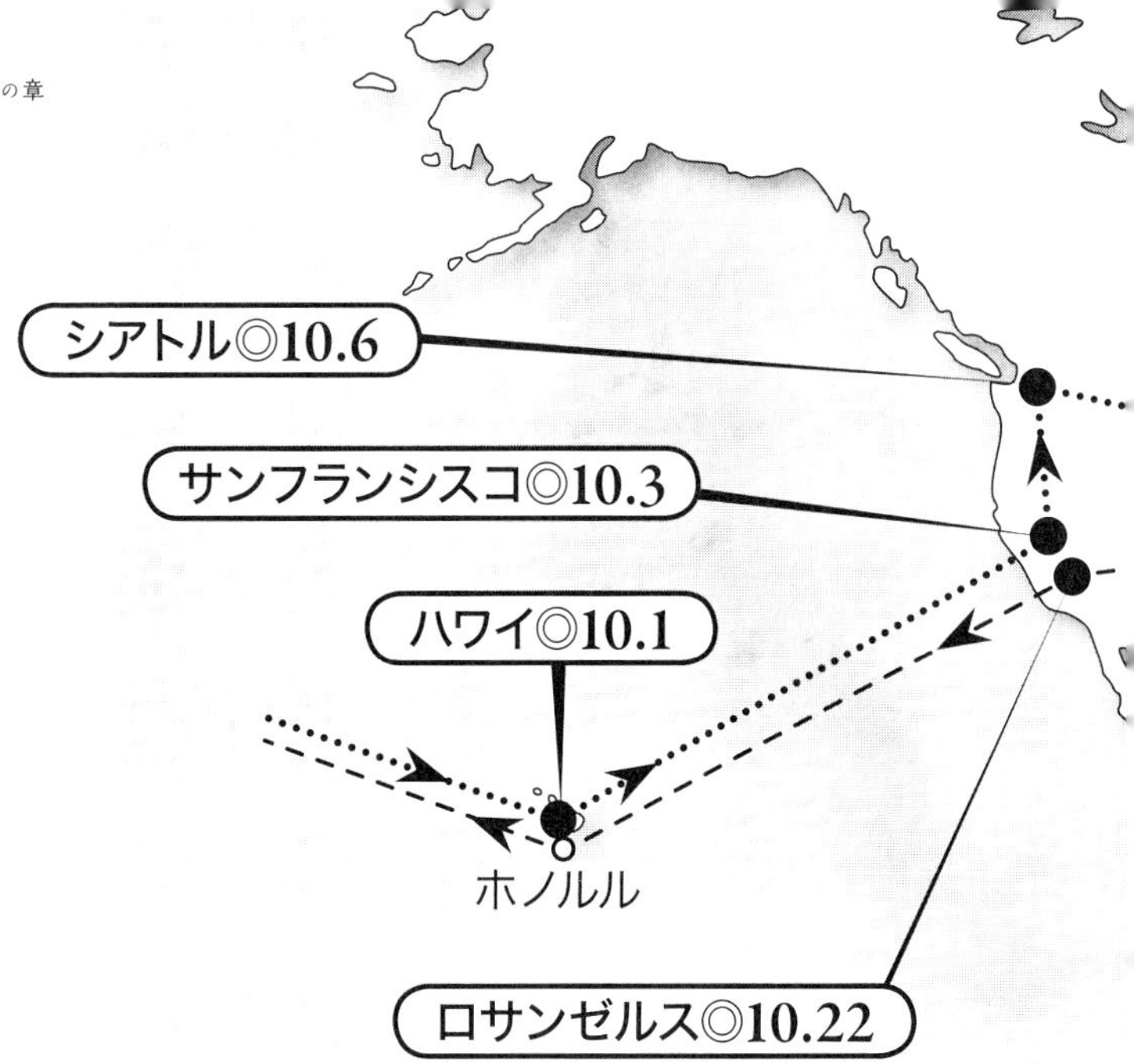

ぶんには、英語が話せなくても生活できないわけではない。

それでも、アメリカ社会に溶《と》け込《こ》み、地域の人びとと深く心を通《かよ》わせるためには、やはり英語を自由に話せるようになることが重要である。

だからこそ、伸一はあえて三指針の一つに挙《あ》げたのである。

「創価学会と社会の間には、垣根《かきね》などあってはならない。学会の発展は、即《そく》地域の興隆《こうりゅう》であり、社会の繁栄《はんえい》であらねばならないからだ」※1
そのような認識《にんしき》を根底《こんてい》に据《す》えた、各メンバーが社会に根を張り「良き市民」となるための指針でもあったのだ。


【出典】※1『新・人間革命』15巻「開花」の章

錦《きん》秋《しゅう》の章

ローザ・パークスさんと池田SGI会長の出会い

1950年代から1960年代にかけ、アメリカ社会を根底《こんてい》から変えた「公民権運動《こうみんけんうんどう》」。勇気ある行動で、その端緒《たんしょ》を開いた女性——ローザ・パークスさんが、「錦秋」の章で紹介《しょうかい》される。彼女《かのじょ》は池田SGI会長とも縁《えにし》を結んだ。二人の出会いから生まれたエピソードを紹介しよう。

「人生で最も大切な瞬間《しゅんかん》」と輝《かがや》いた池田会長との出会い

池田SGI会長夫妻とローザ・パークスさんの初会見は、93年、彼女が創価大学ロサンゼルス・キャンパス（当時）を訪問したときのこと。彼女は池田会長に「もし、よろしければ、今日の会長との写真を、本に載《の》せたいのですが」※1と述《の》べた。「本」とは、翌《よく》94年に米国で出版された『写真は語る』のこと。各界の著名《ちょめい》人《じん》が「自分の人生に最も影響《えいきょう》を与《あた》えた写真」を1枚選び、エッセーとともに載せるという企画《きかく》の本である。

その一人に選ばれたパークスさんは、当初、バス・ボイコット（乗車拒《きょ》否《ひ》）運動の写真を選ぼうと考えていた。しかし、池田会長のことを知るにつれ、「会長との出会いこそ、私の人生にいちばん大きい影響を及《およ》ぼす出来事になるだろう」[※2]との予感《よかん》をいだいていたのだ。

池田会長は彼女の申し出を、あなたは「『お母さん』です。『お母さん』の、おっしゃることであれば、何でもするのが〝親孝行〟と思います」[※3]と、笑顔で快諾《かいだく》。翌年刊行された『写真は語る』

「会ってすぐに、これほどまでに親しみを覚え、
『友人だ』と実感できる人には会ったことがありません」(※4)

には、池田会長との写真に、こんな言葉が添《そ》えられていた。
「この写真は未来について語っています。わが人生において、これ以上、重要な瞬間《しゅんかん》を考えることはできません」※5
初会見の日、パークスさんは語っていたという。
「バス・ボイコット運動は、過去のことです。私は未来のことを考えているのです」※6
そして、会見では次のように述べた。
「きょう、池田会長とお会いしたことによって、『世界平和』への活動という新しい側面《そくめん》が、私の人生に開けてきたような気がします。私は『平和』に尽《つ》くしたい。世界平和のために、会長と共に旅立ちたいのです」※7
池田会長との出会いによって、80歳《さい》を目前《もくぜん》にして、「世界平和のために尽くす」という新たな目標に立つことができた。だからこそ、彼女にとってその出会いは、自らの新たな未来を指し示す「大切な瞬間」として輝いたのである。

「民衆のために闘《たたか》いつづけてきた」同士の共鳴《きょうめい》

翌年、池田会長の招待《しょうたい》で、パークスさんは来日。それまでアメリカの隣国《りんごく》にしか行ったことがなかった高齢《こうれい》の彼《かの》女《じょ》が、人生で初めて太平洋を渡《わた》ったのだ。そのことに、多くの人が驚《おどろ》いた。

彼女は、来日中に創価大学で講演。その翌日には聖教新聞社を訪れ、池田会長夫妻との再会がかなった。

同年、彼女はヨーロッパも初訪問している。池田会長との出会いに後押《あとお》しされるかのように、「公民権運動の母」の人権闘争《じんけんとうそう》は一気に世界へと広がったのだ。

パークスさんはなぜ、池田会長にこれほど共鳴したのだろう。

初代・二代会長が戦時中に軍国主義と闘い投獄《とうごく》されるなど、創価学会の歴史も、公民権運動同様、庶民《しょみん》の連帯で権力《けんりょく》に抗《こう》してきた歴史であった。奇《く》しくも、アメリカでバス・ボイコット運動が闘われていたころ、日本では若き日の池田会長を中心に、関西の地で仏法を基調とした時代変革のための運動が巻き起こっていた。

彼女の心に、創価学会の民衆運動と公民権運動は二重写しとなったに違《ちが》いない。

だからこそ彼女は、民衆のために闘いつづけてきた池田会長に深い共鳴を覚えたのだろう。パークスさんは、会長の人権闘争に対し、自らの名を冠《かん》した「ローザ・パークス人道賞」を贈《おく》っている。


【出典】※1、2、5『大道を歩む 私の人生記録 III』 ※3、6「聖教新聞」2011年9月8日付 ※4『私の世界交友録』
※7「聖教新聞」2008年1月10日付

ローザ・パークスと
1913-2005
バス・ボイコット運動

世界が見守った

◆「彼女がわれわれに息を吹きこんで、権利のために座り、抑圧者に直面しても恐れずにいることを教えてくれたのです」[※5]〈ネルソン・マンデラ南アフリカ元大統領・ノーベル平和賞受賞者〉。「彼女には勇気がありました。われわれは皆アフリカで声援を送っていました」[※6]〈コフィ・アナン元国連事務総長〉。1人の女性から始まった人権の闘いは世界へとつながっていった。生誕100周年を迎えた2013年。ローザ・パークスは、差別や不公正と闘う人を勇気づけるシンボルでありつづけている。

モントゴメリーという土地

◆バス・ボイコット運動が起きたアラバマ州モントゴメリーは、黒人差別がもっとも根強く残っていた深南部（ディープサウス）の中でも、南北戦争の南側の首都だった都市。ボイコット運動でも、キング博士の自宅や教会では爆弾テロが起きた。

1960年10月
——そのときは？

◆バス・ボイコット運動を指導し、頭角を現したキング博士。1960年10月、人種差別を続けるレストランのカウンターに非暴力で座りこむ運動（シットイン）の支援に動いていた彼は逮捕され、6か月の実刑判決を受ける。留守宅で不安を募らせるキング夫人のお腹には新しい生命が。そこに直接電話をしてきたのが、大統領選の最中にあったジョン・F・ケネディ上院議員だった。翌日、キング博士は無事に自宅へ帰還する。この働きに、黒人票がケネディ支持へと動き、大統領選勝利の決定的要因となった。アメリカ政治が激動する中の、山本伸一の平和旅であった。

獅子のような勇気

◆世界人権宣言の起草にかかわったエレノア・ルーズベルトは、ローザ・パークスさんと会った印象を、こう記している。

「パークスさんは非常に物静かで、温和な人物で、彼女がこのように積極的で、自立的な行動を取ったと想像することは難しいほどです」[※1]

　また彼女の友人は「内気で恥ずかしがり屋で、それでいて獅子のような勇気をもっています」[※2]と語っている。その勇気を「いざとなればわれわれは皆——どれほど卑小な者でも——あれほど勇敢になったり、あれほど落ち着いた人間的強さを発揮できるのだという希望を与えてくれた」[※3]と、アメリカの詩人リタ・ドーブは讃えた。

5万人が闘った

◆バス・ボイコットの初日、6割が参加すれば成功と考えていたキング博士は、ふだんは黒人労働者でいっぱいのバスが空っぽで自宅の前を通り過ぎるのを見て「奇跡が起きた」と叫んだという。ボイコット運動は381日の長きにおよんだ。キング博士は、「モントゴメリーの物語は、疲れた魂を疲れた足に託すことを厭わず、隔離の壁が正義の力によってやがて打ち壊されるまで、その道を歩き続けることを厭わなかった5万の黒人の物語なのだ」[※4]と振り返っている。

創価女子短大生とローザ・パークスさんの出会い

ローザ・パークスさんと、創価女子短期大学の学生たちとの最初の出会いは、92年に創価大学ロサンゼルス・キャンパス（当時）を初訪問したときのこと。語学研修に来ていた創価女子短大生たちが、池田SGI会長の作詞した「母」の歌を合唱して迎えた。

パークスさんは、この真心の歓迎に胸打たれた。「彼女たちとの出会いは、私の一生における新しい時代の始まりを象徴するように思えてなりません[※7]」とまで語ったほどである。その感動が、創立者である池田会長の理念に共感し、会長夫妻と友情を結ぶ最初のきっかけにもなった。

懇談の中で、パークスさんは語った。「最も尊敬する人は、母です。なぜなら母は、強い意志をもって『自分の尊厳』を守ることを教えてくれたからです[※8]」

「公民権運動の母」を育んだのも、やはり強き母、偉大な母だったのである。

94年に初来日し、創価大学で講演をした際にも、あたたかい交流がなされた。さらに彼女は、2年前に会った短大生たちとの出会いを希望し、すでに卒業していたそのメンバーたちが急遽キャンパスに集い、感動の再会を果たしたのだった。

桜花の季節が終わるころ、短大の「文学の庭」には、パークスさんが植樹したハナミズキが、美しく咲き香る。

【出典】※1、2、4、5、6『ペンギン評伝双書 ローザ・パークス』 ※3『TIMEが選ぶ20世紀の100人』 ※7 創価女子短期大学 特別文化講座「キュリー夫人を語る」 ※8『黒人の誇り・人間の誇り』

世界から尊敬された「公民権運動の母」

1955年12月1日。42歳のローザ・パークスさんは、仕事帰りに市バスに乗りこんだ。彼女が座ったのはバスの「黒人席」。当時のアメリカ社会には人種隔離制度が公然と存在しており、公共施設では黒人の分離が行われていたのだ。

やがて「白人席」が満席となり、バスの運転手はパークスさんに「席を空けろ」と命じた。だが、パークスさんは静かに「ノー」と告げて拒否。それだけのことで逮捕・投獄され、のちに罰金刑を科された。

彼女の逮捕を機に「バス・ボイコット運動」が起こり、マーチン・ルーサー・キング博士がリーダーに。そしてそこから、黒人らへの公民権適用と人種差別解消を求めた「公民権運動」が広がっていった。

勇気ある行動で公民権運動の端緒を開いたパークスさんは、のちに「公民権運動の母」と讃えられ、世界的に尊敬を集めた。全米はもとより各国の教科書でも、彼女のことが紹介されている。

バス・ボイコット裁判に出廷するローザ・パークスさん

慈《じ》光《こう》の章

「アフリカの世紀」にこめられた思いとは

山本伸一が国連本部で語った言葉――
「二十一世紀は、必ずアフリカの世紀になる」との宣言《せんげん》には、
どのような思いがこめられていたのか？　そして、実際に21世紀となったいま、
その言葉が、どのような光彩《こうさい》を放《はな》っているだろうか？

アフリカへの（池田）博士の信念は、何十年もの間、
「見当違《けんとうちが》いだ」とか「時期尚早《じしょうそう》だ」と思われてきました。
しかし、博士はそう思われなかった。今、状況《じょうきょう》は変わりました。
アフリカの行く手には、トンネルの終わりに
「光」が見えてきました。新しい希望が見えてきました。*

――ベンジャミン・ムカパ
タンザニア元大統領

アフリカの世紀とは「一番苦しんだ人が、一番幸せになる」世紀

1960年10月14日、ニューヨークの国連本部を訪《おとず》れた山本伸一は、独立間もないアフリカ諸国代表の生き生きとした姿に触《ふ》れ、同行の青年部幹部に言う。

「二十一世紀は、必ずアフリカの世紀になるよ。その若木《わかぎ》の生長《せいちょう》を、世界はあらゆる面から支援《しえん》していくべきだ」

（「慈光」の章）

この年は、アフリカの17か国がヨーロッパの旧宗主国《そうしゅこく》から一挙《いっきょ》に独立を果たしたため、「アフリカの年」と呼ばれた。世界的にもアフリカは注目を浴びていたのだ。

だがこの時期、世界の指導者の中で、アフリカに対して明るいヴィジョンを持っていた人は、若き日の池田SGI会長以外には、ほとんどいなかったと言ってよい。

日本の新聞報道でも、アフリカを好意的に取り上げた記事は、ほとんどなかったという。※1

なぜ、そのような時代から、池田会長は「二十一世紀はアフリカの世紀」と主張しつづけてきたのだろう。

会長はかつて、次のように綴《つづ》っている。

＊「聖教新聞」1998年12月15日付

「人類史上、一番踏《ふ》みつけにされ、苦しみきってきた大陸は、アフリカである。ゆえに、アフリカこそが、一番幸福になってほしいのだ。そうでなければ『新世紀』ではない」[※2]

さらに、「人類は一つの生命体である。ゆえに、世界のどこかで苦しんでいる人がいる限り、私たちの真の幸福もない」[※3]と。

長年、奴隷《どれい》貿易や植民地支配など、筆舌《ひつぜつ》に尽《つ》くしがたい辛酸《しんさん》をなめてきたアフリカ。そこは、人類全体を見渡《みわた》す視野に立ったとき、世界中の「苦しんできた人びと」を象徴《しょうちょう》する存在でもあった。

アフリカが幸福大陸にならずして、真実の世界平和はないし、「一番苦しんできた人びとが一番幸せになる世紀」を築いていかなければならない。「二十一世紀はアフリカの世紀」との言葉にこめられていたのは、池田会長のそのような思いであった。

他人事の予測《よそく》ではなく、たんなる願望でもなく、仏法者としての、苦しみを「共に生きる」心から生まれた信念であり、平和旅の一歩を踏み出し、新たに誓《ちか》った「世界平和創出」のための「誓願《せいがん》」の言であったのだ。

そして池田会長は、１９６０年からの半世紀余にわたって、数多くのアフリカの識者・指導者との対話を、一貫《いっかん》して粘《ねば》り強く重ねてきた。それは、世界的にも稀有《けう》なスケールの民間外交といえる。

半世紀以上前の宣言は、その突出《とっしゅつ》した先見性において価値があるだけではない。池田会長が、その言葉どおりの世界を築くために、行動を長年重ねてきたことで、さらに光彩《こうさい》を放っているのだ。

「アフリカから学ぶ姿勢」を一貫して持ちつづける

そして、21世紀のいまも、エイズ禍《か》、紛争・難民問題、深刻な貧困など、地球的課題が、アフリカには最も先鋭《せんえい》的《てき》な形で山積《さんせき》している。それはアフリカのみならず、人類全体が直面する課題群でもある。〝アフリカから目をそらしてはいけない〟という警鐘《けいしょう》として、「二十一世紀はアフリカの世紀」との言葉は、いっそう大きな意義をもつといえる。

だが、その一方で、池田会長が一貫して「アフリカから私たちは、もっともっと学ばなければいけない」[※4]と訴《うった》えつづけてきたことも、見落としてはならない。

会長は次のように綴っている。

「アフリカには、古《いにしえ》より、人間と社会

と宇宙を貫《つらぬ》く『生命』への畏敬《いけい》の文化がある。袋小路《ふくろこうじ》に入ってしまった物質文明を、『生命の文明』へと転換《てんかん》しゆくカギを、アフリカが握《にぎ》っている」※5

ここにこそ、宣言にこめられたもう一つの意味がある。

すなわち、欧米型《おうべいがた》の現代文明が、環境《かんきょう》問題や共同体の崩壊《ほうかい》、退廃《たいはい》的風潮、自殺の増加など、さまざまな面で限界を露呈《ろてい》しているいま、その行き詰《づ》まりを打開《だかい》するための糸口が、アフリカにはある。

たとえば、人と人を結びつける豊かな結合力、いかなる苦しみにも屈《くっ》さず生き抜《ぬ》く生命力、自然を征服《せいふく》の対象とみなすのではなく、自然と共生する知恵《ちえ》などが、アフリカの豊かな文化の中にはある。

ゆえに、我々は謙虚《けんきょ》にアフリカから学んでいくべきである……というのが、池田会長の姿勢なのだ。

そして会長は、〝先進国〟の人びとの多くが抱《いだ》いてきたアフリカへの優越《ゆうえつ》意識にとらわれず、アフリカの豊かな文化を敬《うやま》い、学ぼうとするそうした姿勢を、半世紀以上前から一貫して持ちつづけてきた。

だからこそ、池田会長と接したアフリカの人びとも胸襟《きょうきん》を開き、実りある交友が生まれたのである。

Column

アフリカの人権の父

ネルソン・マンデラ

南アフリカ元大統領。
ノーベル平和賞受賞者

アパルトヘイトの差別と戦い、約1万日に及《およ》ぶ獄中闘争《ごくちゅうとうそう》を勝ち超《こ》えたマンデラ氏と4年半ぶりの再会（1995年7月5日）。最初の出会いの後、マンデラ氏は「滞日《たいにち》中、最もうれしかったことは、池田SGI会長にお会いしたことです。また、そのさい、若い学生の方々が温かく迎《むか》えてくださり、歌まで歌ってくださった。私は27年間、囚《とら》われの身で戦ってきましたが、〝これで、その努力が報われた〟と思いました[※6]」と、その感動を語った。

アフリカの環境の母

ワンガリ・マータイ

ケニアの女性環境保護活動家。
アフリカ女性初のノーベル平和賞受賞者

砂漠化《さばくか》が進むアフリカで3000万本の木を植えた「グリーンベルト運動」の創始者・マータイ氏と会見（2005年2月18日）。「生命を大事にし、自然と人間を大事にする――池田会長の価値観を、私は持って帰ります。そしてアフリカに広めたい[※7]」「池田博士の偉大《いだい》なお仕事とご献身《けんしん》に心から感謝します。（中略）私たちの心を鼓舞《こぶ》し続けてくれています。それを、これからも、多くの人と分かち合っていきたい[※8]」

Column

創価大学とアフリカ

創立者である池田ＳＧＩ会長の思想をふまえ、創価大学（以下、創大）はアフリカとの交流を一貫《いっかん》して重視してきた。

たとえば、アフリカ９か国の名門13大学と学術交流協定を締結《ていけつ》。その各大学に学生を送るとともに、多くの留学生を迎《むか》え入れてもいる。学部レベルでアフリカ各国との交換《こうかん》留学生が創大ほどいる大学はほかにはない。なにしろ、創大は他大学に先駆《さきが》け、30年以上も前からアフリカ各国と交流を重ねてきたのだ。

９大学のうち、南アフリカ共和国のウィットウォータースランド大学との協定は１９９６年に締結されたが、それは90年に池田会長が来日した南アフリカのネルソン・マンデラ元大統領（当時・アフリカ民族会議副議長）と会見した際、教育交流を提案したことが機縁《きえん》となっている。

また、創大では「21世紀のアフリカ」や「地域研究（アフリカ）」など、アフリカ関連科目の受講者は多い。

さらに、２０１８年で28回目を迎えた「スワヒリ語スピーチコンテスト」は、当初、日本で唯一《ゆいいつ》のスワヒリ語のコンテストとして開催《かいさい》された。これも、76年に創立者が当時のタンザニア駐日大使《ちゅうにちたいし》と会談した際、将来の文化交流の推進《すいしん》を目指《めざ》すため、創大の学生がスワヒリ語を学ぶ提案をしたことを淵源《えんげん》としている。まだスワヒリ語の授業すら開講され

ジブチ共和国の大統領を歓迎する池田会長夫妻と
創価大学の学生たち（1995年9月）

ていなかった時代から、「創立者の構想を実現するのだ」との一心で、学生中心に作り上げられてきたコンテストなのである。

創大卒業生が、アフリカ各国で活《かつ》躍《やく》する事例も多い。創立者が切り開いてきたアフリカとの友好の道を、後継の青年たちがさらに確かなものとしているのだ。

池田会長と会見したある大統領は、創価大学のことを、「『懸《か》け橋《はし》』となる教育機関」と評した。「それは、異なる文化や伝統を結びつけ、平和と国際理解を推進する〝橋〟であり、連帯の〝橋〟であり、『人権』と『文化の対話』を尊重する〝橋〟なのです」と。※9

1960 アフリカの年

山本伸一が、国連本部を見学した1960年は、新たに17の国が独立を果たしたことから、「アフリカの年」と言われる。第一次世界大戦前には、アフリカは、エチオピアとリベリアを除いた全《すべ》ての地域がヨーロッパの7つの国の支配下に置かれていた。奴隷《どれい》貿易のはじまった15世紀ごろからのアフリカの苦難の歴史は、植民地分割・支配に形を変え、つづいていたのである。そこから面積で7割、人口で8割弱に当たる国・人びとが独立し、国連の加盟国の4分の1をアフリカ諸国が占《し》めるようになってようやく、世界はアフリカの声を無視

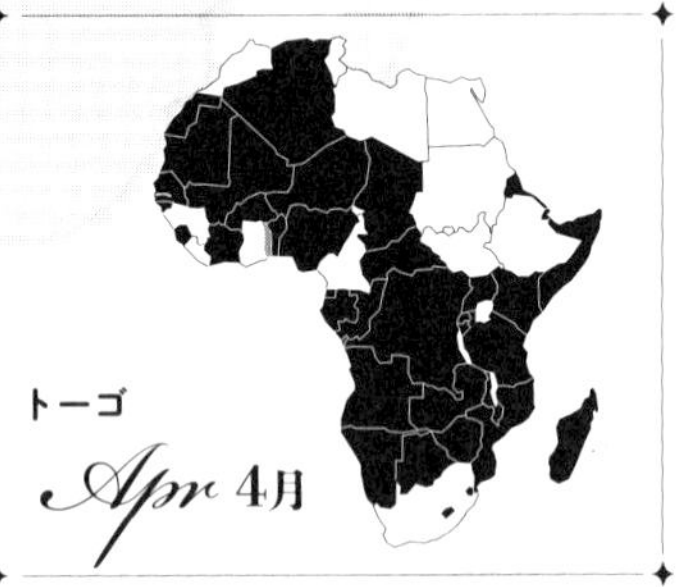

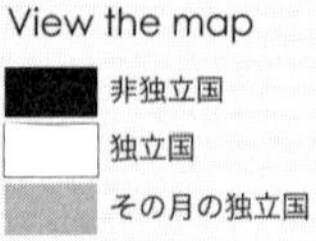

できなくなった。しかし、「アフリカは明るい太陽だけがほほえむ場所ばかり」※10ではなかった。旧宗主国《そうしゅこく》の介入《かいにゅう》や東西対立の思惑も持ちこまれ混沌《こんとん》としたコンゴ問題、アルジェリアの独立問題、南アフリカのアパルトヘイト等々、アフリカの課題もクローズアップされ、1960年当時、アフリカのもつ可能性に注目する視点は乏《とぼ》しかった。

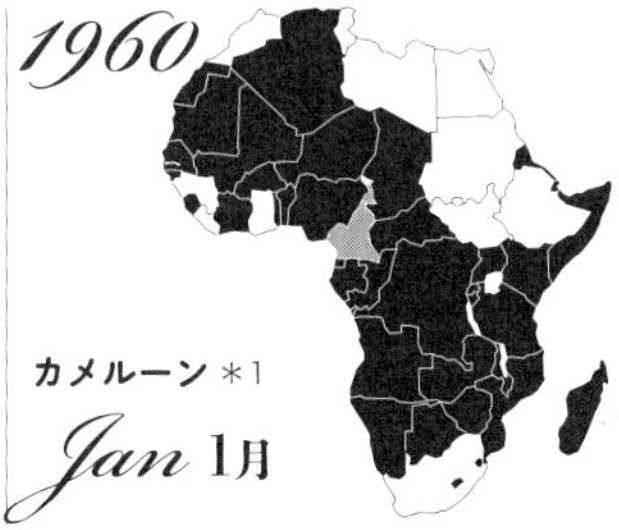

1960年は、ほぼ毎月、独立する国があらわれた。

＊1 フランス領カメルーン。イギリス領カメルーンは1961年1月に独立　＊2 現在のコンゴ民主共和国　＊3 イタリア領ソマリア。6月に独立したイギリス領ソマリランドと合邦　＊4 現在のベナン　＊5 現在のブルキナファソ　＊6 現在のコンゴ共和国　＊7 マリ連邦として独立した後、8月にセネガルが分離。9月にマリが単独で独立

［参考文献］
『日本人が知っておきたい「アフリカ53ヵ国」のすべて』

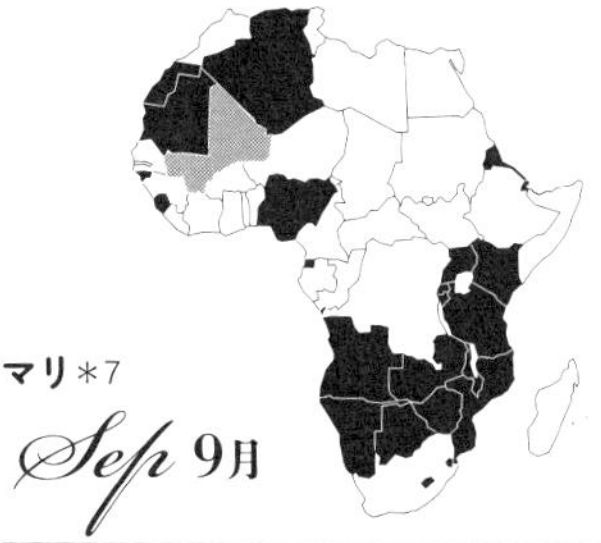

【出典】※1「創大アフリカ研究会」（創価大学「パン・アフリカン友好会」のOB組織）の調査による　※2、3『池田大作全集』第122巻　※4「聖教新聞」1999年7月8日付　※5『新たなる世紀を拓く』　※6『池田大作全集』第127巻　※7「聖教新聞」2005年2月19日付　※8「聖教新聞」2005年2月20日付　※9「聖教新聞」1998年12月15日付　※10「朝日新聞」1960年12月25日付

戦時下の言論統制と、戸田城聖《とだじょうせい》の出版の闘《たたか》い

「戸田先生は、仏法者として弾圧《だんあつ》を受けただけでなく、戦時中、雑誌の発行者としても、軍部政府と水面下で戦いを続けていたことを知っているかい」――と伸一は語りかける。戸田城聖が創刊した「小学生日本」とは、いかなる雑誌であったのか?

勇気ある平和志向の内容

出版社も営んでいた戸田城聖が、1940(昭和15)年1月に創刊した月刊誌が「小学生日本」だった。

当時は、日中戦争が始まって4年目、太平洋戦争突入《とつにゅう》まで約2年という時期。読者は軍国教科書で学び、日本の戦争を「聖戦」と信じて疑わなかった子どもたちであった。

戸田はそんな子どもたちを、戦争賛美の狂気から救い出し、広く世界に目

を向けさせたかった。そのため、あえて困難な時期に月刊誌を創刊したのである。

当時の日本では、検閲《けんえつ》を受けなければ雑誌の創刊も続刊もできなかった。国策に沿《そ》った内容であることを求められ、当局の意向一つで廃刊《はいかん》を命じられた。日中戦争開戦直前に約2万5000誌あった雑誌は、1939(昭和14)年には3分の1に激減《げきげん》していた。しかも、戦時中の紙不足もあり、用紙の手配は内務省検閲課も加わった「用紙統制委員会」の胸三寸《さんずん》で決まった。

そのような困難な状況《じょうきょう》の中で創刊・続刊するため、戸田らは工夫《くふう》と悪戦苦《く》闘《とう》を重ねた。たとえば、創刊号には「用紙統制委員会」の一員でもあった現役の海軍大佐が執筆陣《しっぴつじん》に加わっている。創刊許可を得るための、苦肉の策であったろう。

号を重ねるごとに時局色は減り、第4号には時局読み物は1編もなかった。また、諸外国の優れた文化や産業を伝える記事も多く掲載《けいさい》されていた。

自分が発行する雑誌を通して、次代を担《にな》う「宝」である子どもたちを守りたい、正しい生き方を教えたいとの熱情が、戸田を当局との困難な闘いに駆《か》り立《た》てた原動力であった。

1941(昭和16)年には、尋常《じんじょう》小

学校が「国民学校」と改められたのに伴《ともな》い、誌名変更《へんこう》を余儀《よぎ》なくされたが、戸田は一般的だった「少国民」の表記を用《もち》いず、あえて「小国民日本」とした。「小」の一字は、けっして当局の言いなりにはならないという「信念の刻印であった」(「慈光」の章)のだ。

「小国民日本」は、1942(昭和17)年4月に廃刊となるまで、平和志向の内容をつらぬいた。たとえば、日本が米英に宣戦布告《せんせんふこく》する2か月前に発行された号には、英国の子どもたちが空襲《くうしゅう》に苦しめられている姿を同情的に記した記事さえ掲載《けいさい》されていた。

「文藝春秋《ぶんげいしゅんじゅう》」などの大手雑誌が競《きそ》い合うように戦争賛美の誌面を作っていた時期、戸田が子ども向け雑誌という分野でくり広げた果敢《かかん》な言論の闘いは、日本出版史上に特筆《とくひつ》すべき、勇気の偉《い》業《ぎょう》であった。

『森の仔鹿《こじか》』

戸田は、少年雑誌の創刊とともに
単行本も出版していた。
『森の仔鹿』(鮎澤浩・大道書房)は、
アメリカの女性作家ローリングスの
『子鹿物語』を子ども向けに書き直した作品。
「小学生日本」に昭和15年4月から
連載されたものを加筆し、12月に発刊。

Column

「子どものため」の出版を続けようと月刊誌を創刊

子どもたちが視野を広げ、真実を見極める目を培えるようにと願い、
発刊された「小学生日本」と改題した「小国民日本」

小学生日本　創刊の言葉

「諸君の前途《ぜんと》は、大いなる光明の道であると共に、試練と困難に耐《た》へねばならぬ努力と精進《しょうじん》の道であります」「『小学生日本』もまた諸君とともに成長し、明日の日本を背負《せお》つて立つ人々は、かならずや小学生日本の愛読者の中から生まれると言ふ強い確信を持つて、私はこの雑誌を諸君にお贈《おく》り致《いた》します」

「子どものため」を忘れ、進められた軍国主義教育

子ども向けの雑誌。「少年兵につづけ」「米鬼・英鬼を征伐」といった勇ましい言葉がおどる

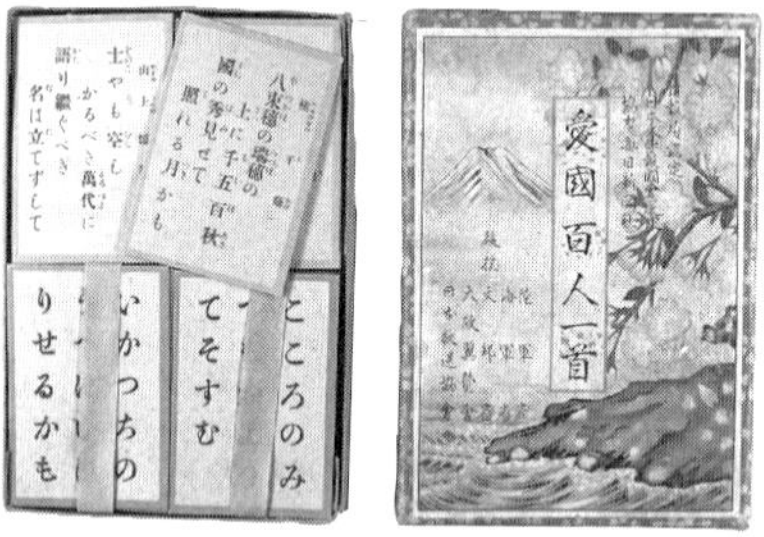

戦時中、「愛国」という言葉を広義に解釈し、万葉から幕末までの歌から選び抜かれた100首の和歌「愛国百人一首」

昭和館 提供

「泣き声をあげて倒《たお》れる者、火に追われて逃《に》げ回る者など、まるで巣《す》を壊《こわ》された蟻《あり》のようです」

1938（昭和13）年に発行された『講談社の絵本　飛行機画報』には「スバラシイ空襲《くうしゅう》ノチカラ」と題して、日本軍の上海《シャンハイ》空襲の様子《ようす》が描《えが》かれる。「慈光《じこう》」の章で描かれる、空襲を受けるロンドンの子どもたちによりそった記事とは対照的だ。

絵本が出版された1938年は国をあげての戦争協力がすすめられるなか、「児童読物改善に関する指示要綱《ようこう》」が内務省より出された年。この指示要綱は「児童出版物を通して、その教育効果を国家の目的に即応《そくおう》せしめようとする、思想統制への第一段階」、つまり小学校1年生が「ススメ ススメ ヘイタイ ススメ」と教えられるように、学校が戦時体制に入るのにあわせて児童文化も戦時体制になるべきとするものだった。池田会長も、この体制のなかで教育を受けた世代にあたる。

指示要綱の取りまとめにあたっては、学者、教育

弾む心を翼にのせて
陸の雛鷲郷土訪問

1枚もののニュースビラとして、
毎日10万枚が発行された「同盟写真特報」には、戦場からの
オリジナル写真が大量に掲載された。紙面からは当時の戦意高揚感が伝わってくる

「同盟写真特報」第1892号　写真提供＝共同通信社

者、児童文学作家らが協力した。官民一体となっての戦争協力だったのだ。教育者や文学者のなかには、この統制を俗悪《ぞくあく》な漫画《まんが》や児童読み物が規制されると歓迎《かんげい》するものさえいたのである。

「時代の線にそうように書こうとすれば、いきおい、わたくしは途中《とちゅう》から筆を曲げなければなりません。けれども、筆を曲げて書く勇気は、わたくしにはありません」*と、『路傍《ろぼう》の石』を断筆した山本有三《やまもとゆうぞう》のような人はまれだった。また人気漫画『のらくろ』が打ち切りになったのは、作者の田河水泡《たがわすいほう》が指示要綱に強硬《きょうこう》に反対したのを当局に睨《にら》まれてだった。

国策に迎合《げいごう》する作品に対しては優先的に紙などの資源が割り当てられ、多部数の出版ができたことを児童文化の「復興」と楽観的に喜んでいたのが、子どもにかかわる人たちの意識だった。弾圧《だんあつ》と優遇《ゆうぐう》。このアメとムチに抗《こう》する形で、「子どもたちのため」の出版を続けようと苦闘《くとう》したのが戸田城聖の「小学生日本」「小国民日本」だったのだ。

【出典】＊『山本有三全集』第９巻

開《かい》拓《たく》者《しゃ》の章

ブラジルSGIの苦闘《くとう》と栄光の歴史

「開拓者」の章では、ブラジルSGIの黎明期《れいめいき》の様子《ようす》が描《えが》かれる。
現在、ブラジルSGIは大きく発展しているが、日系移住者《にっけいいじゅうしゃ》中心の組織が
ブラジルに受け入れられ盤石《ばんじゃく》になるまでには、多くのメンバーの苦闘《くとう》があった。

ブラジルSGIへの社会からの信頼

海外初の支部が結成された1960年当時のブラジルの学会員世帯数は、全土で約100世帯。日本から移住して、農業に従事《じゅうじ》するメンバーが多かった。

ブラジル日系移住者の歴史自体、苦《く》難《なん》に満ちている。奴隷《どれい》のような扱《あつか》いを受けての過酷《かこく》な労働、国家主義的政策《せいさく》を打ち出したバルガス政権《せいけん》時代の排日《はいにち》運動の嵐《あらし》、太平洋戦争期の日系人への圧力、そして、戦後に日系人社会を二《に》分《ぶん》した「勝ち組（日本の敗戦を信じない人びと）」と「負け組」の対立――。

ブラジルの学会員のなかにも、そうし

た暗い歴史を直接・間接に背負《せお》っている人がいた。

支部結成以降も、ブラジルSGIには社会の壁《かべ》が立ちはだかった。

ブラジルでは、1964年のクーターから、約20年間にわたって軍事独《ぐんじどく》裁政権《さいせいけん》の時代が続いた。多くの文化人・識者《しきしゃ》が弾圧《だんあつ》され、国外追放されるなど、社会全体が強い緊張下《きんちょうか》に置かれた時代であった。

その間、一部の日本人や日系人によって、「創価学会は共産主義だ」「暴力宗教だ」などという事実無根の中傷《ちゅうしょう》が当局に対してなされ、学会にも不当な圧力が加えられた。

池田SGI会長は1966年にブラジルを再訪《さいほう》したが、その際には入国から出国まで警察《けいさつ》の監視下《かんしか》に置かれた。会合会場は200人ほどの警察官に囲まれ、出入り口にも監視の警官が立った。池田会長が不当逮捕《ふとうたいほ》されても不思議はないほど、緊迫《きんぱく》した状況《じょうきょう》だったのである。

また、池田会長は1974年に北米・南米を歴訪《れきほう》し、ブラジルも訪問する予定であったが、入国ビザが発給されず断念《だんねん》した。

そうしたなかにあっても、メンバー一人ひとりは地道で誠実な行動を積み重ねていった。そして、ブラジルが民《みん》政移管《せいいかん》してからは、状況が大きく変化。ブラジルSGIは社会の大きな信頼《しんらい》を勝ち取り、連邦政府《れんぼうせいふ》、州や市、大学、文化団体などから多くの顕彰《けんしょう》を得ている。池田会長の初訪問の地となったサンパウロ市からも、池田会長夫妻が顕彰を受けている。

また、「牧口常三郎通り」「戸田城聖公園」など、創価学会の三代会長の名を冠《かん》した通りや公園、庭園なども続々と誕生してきた。

さらに、牧口初代会長の「創価教育学」に基《もと》づく教育プログラム「牧口プロジェクト」を、ブラジル全土の900校以上が採用。累計《るいけい》で21万人を超《こ》える児童が学び、現在は新たな教育プログラムが展開されている。

1960年のブラジル初訪問の際、池田会長の体調は最悪の状態にあった。心配した同行の幹部《かんぶ》が、〝ブラジル行きはとりやめて、休息されては〟と進言したほどである。

だが、池田会長は「私を待っている同志がいる。やめることなど断じてできない。倒《たお》れるなら、倒れてもよいではないか」との覚悟《かくご》で向かい、海外初の支部を結成したのだった。

現在のブラジルSGIの大発展は、会長のその「覚悟」を起点に切り開かれたものなのである。

Column

日《にっ》系《けい》移《い》住《じゅう》者《しゃ》のあゆみ

1908(明治41)年４月、
最初のブラジル移住者を運んだ笠戸丸

地球の反対側で孤立《こりつ》した戦時下の移住者たち

　ブラジルは１９４２年に、連合国側につくことが決定されると、日本語での文書の配布や公衆の場で日本語を使うことも禁止された。移住者を守るべき在《ざい》外《がい》公《こう》館《かん》の職員は、外交官交換船《こうかんせん》で帰国。置き去りにされた移住者は、そのときの想《おも》いを「我々は平素《へいそ》一面には天皇陛下《てんのうへいか》の赤子《せきし》だと認識《にんしき》を強いられながら、一面はいざとなればサヨナラも告げられずに棄民扱《きみんあつか》いをされたのだ」※1と語っている。

　公的な情報が通らない環境《かんきょう》は、日本の敗北を信じない「勝ち組《かちぐみ》」を生み出し、テロ行為《こうい》や帰国をエサにした詐欺《さぎ》など、戦中戦後の混乱の原因にもなった。

　こうした混乱から、ブラジルでは新憲法に日本人移民入国禁止条項《にゅうこくきんしじょうこう》を盛《も》り込《こ》むかどうかが議論となった。議会での投票は99票対99票の同数。議長は、憲法に特定の民族や人種に関する禁止事項を盛り込むことは国家の恥《はじ》である、と反対したために日本人排斥《はいせき》はかろうじてまぬかれたのだった。

2 戦前、日本は布教師《ふきょうし》の渡伯《とはく》を禁止

　リオデジャネイロを見下ろすコルコバードの丘《おか》に立つ巨大《きょだい》なキリスト像は1931年に完成したもの。ブラジルは、伸一が訪れた60年当時でも、カトリック教徒が人口の93%を占《し》める「カトリックの国」だった。

　宗教的な摩擦《まさつ》が排日《はいにち》感情をあおり、移住政策の妨《さまた》げになると、戦前の日本政府はブラジルへの布教師の渡航《とこう》を認めていなかった。

　戦後、さまざまな日本の宗教が地球の反対側のブラジルに進出した。日系人以外にも広がったのが創価学会の特色とされている。

3 1995年まで続いたブラジルへの移住

　1908年の笠戸丸《かさとまる》から始まるブラジル移住史。戦前には19万人が渡《わた》った。ハワイ、アメリカで日本人移住者が迫《はく》害《がい》されるようになっても増加し、満州《まんしゅう》

Brasil

移住が国策となって以降は下火《したび》になった。戦後の移住は53年に再開され、移住船は73年、政府による渡航費《とこうひ》の補助《ほじょ》は95年まで続き、戦後だけでも5万人にのぼる。

移住が再開された背景には、敗戦で海外の植民地にいた日本人が帰国し、深刻な失業問題と食糧難《しょくりょうなん》を引き起こしたことがあった。

日本人開拓者はブラジル農業を変えた

4

コーヒー農園の労働者として、ブラジルに入った日本人移住者。しかし、約束された稼《かせ》ぎは得られず自営農《じえいのう》となる道を選ぶことになる。

コーヒー豆を入れる袋《ふくろ》の原料となるジュート（黄麻《おうま》）やコショウをアマゾンで栽培《さいばい》することに成功したのも日本人移住者だった。また柿《かき》やリンゴ、パパイヤの栽培を通して、かつては20種ほどしか栽培作物がなかったブラジルの食文化そのものを豊かなものへと変えたのだ。

2013年の世論調査※2でも、「日本に親しみを感じる」と答えた人が75%、「ブラジルにとって将来重要な国」で2番目、「ブラジルの発展に必要な科学技術導入の手本となる国」では1番目と、親日国《しんにちこく》ぶりが際立《きわだ》っている。

この結果も81%が肯定《こうてい》したように、日系人によるブラジル社会への貢献が反映していると言えるだろう。

【出典】※1『ブラジル日本移民―百年の軌跡』　※2 ブラジルにおける対日世論調査（外務省 2013年3月）

昭和35年という時代

日本の「政治の季節」が終わり、「経済の季節」の始まりを告げるものであった。――「新世界」の章

- 1月16日　岸首相訪米に出発　①新世界
- 1月19日　日米新安保条約調印　①新世界
- 1月24日　民主社会党(民社党)が結成　①新世界
- 2月13日　フランスがサハラ砂漠で核実験(4か国目の核保有国に)
- 2月19日　衆議院特別委員会で新安保条約の実質審議開始　①新世界
- 3月1日　沖縄にミサイル・ホーク基地の新設発表　②先駆
- 5月1日　U2撃墜事件(黒いジェット機問題)　①新世界
- 5月3日　**山本伸一　会長就任**
- 5月6日　沖縄へのミサイル・メースB基地新設を米議会が承認　②先駆
- 5月20日　新安保条約を国会で強行採決　①新世界
- 5月24日　チリ津波　②先駆
- 5月28日　トキが国際保護鳥に
- 6月10日　ハガチー事件　①新世界

1958
(昭和33年)

- 2月　バレンタインチョコレート
- 4月　長嶋茂雄《ながしましげお》プロ野球デビュー
- 7月　岩戸景気《いわとけいき》(～1961年12月)
- 8月　インスタントラーメン
- 12月　国民健康保険法公布
- 　　　国民皆保険《かいほけん》に
- 12月　1万円札発行
- 12月　東京タワー完成

1959
(昭和34年)

- 1月　メートル法実施
- 1月　パーキング・メーター
- 4月　皇太子ご成婚
- 9月　伊勢湾台風
- 11月　国民年金法公布
- 11月　緑のおばさん
- この年　カミナリ族

ものの値段

公務員の初任給	¥1万800
映画館入場料	¥200
豆腐1丁	¥15
牛乳1本(180cc)	¥14
入浴料	¥17
ラーメン1杯	¥45

6月15日　樺美智子さん死亡　①新世界
6月19日　新安保条約自然承認　①新世界
6月19日　来日したアイゼンハワー大統領を沖縄祖国復帰デモが迎える　②先駆
6月24日　樺美智子さん国民葬（日比谷公会堂）　②民衆の旗
7月15日　岸内閣総辞職
7月19日　池田内閣成立　①新世界　②錬磨
7月21日　スリランカで世界初の女性首相誕生　②錬磨
8月25日　ローマ五輪開幕
9月20日　第15回国連通常総会始まる　①慈光
9月22日　皇太子夫妻訪米に出発　①錦秋
9月26日　アメリカ大統領選 ケネディとニクソンのテレビ討論　①錦秋
10月2日　**山本伸一　初の海外訪問に出発**
10月12日　浅沼社会党委員長刺殺（日比谷公会堂）　①錦秋
10月15日　大洋ホエールズ、日本シリーズで初優勝
11月8日　アメリカ大統領選挙投票日　①錦秋　②勇舞
11月20日　衆議院議員選挙　②民衆の旗
12月8日　第二次池田内閣成立　②民衆の旗
12月27日　所得倍増計画閣議決定　②民衆の旗

当時と現在を比較

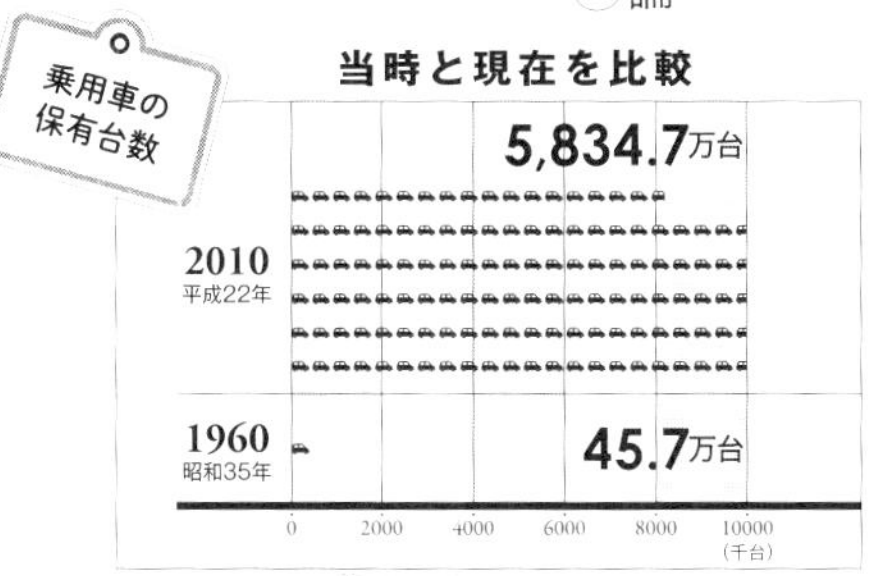

※自動車が1世帯あたり1台にまで普及したのは1996年のこと

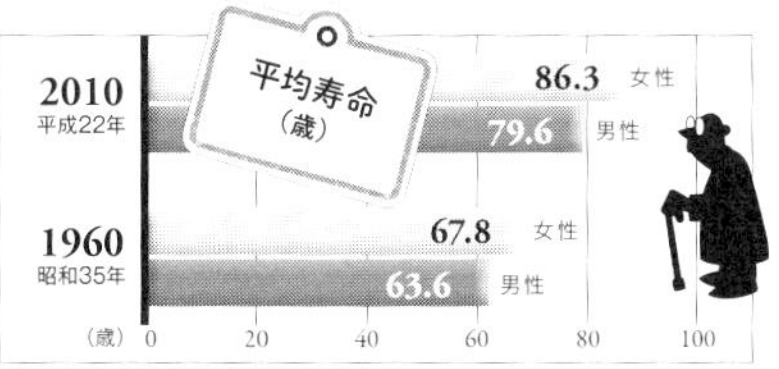

※1960年の数字は、当時発表のもの

1961（昭和36年）

2月　マーブルチョコレート
4月　朝の連続テレビ小説
4月　人類初の有人宇宙飛行
11月　アンネ・ナプキン

1962（昭和37年）

1月　東京が1000万都市に
3月　リポビタンD
9月　コピー機
10月　キューバ危機

【参考文献】ブラジル日本商工会議所・編『現代ブラジル事典』新評論／ブラジル日本移民史料館ほか編『目で見るブラジル日本移民の百年』風響社／堺屋太一・編『東京タワーがみた日本 1958-2008』日本経済新聞出版社／家庭総合研究会・編『昭和家庭史年表』河出書房新社／週刊朝日・編『値段史年表　明治・大正・昭和』朝日新聞社／総務省「国勢調査e-ガイド」／財団法人 自動車検査登録情報協会／首都高速道路株式会社「首都高でいこう」首都高の歴史／『数字でみる 日本の100年』矢野恒太記念会

『新·人間革命』

第2巻

先駆の章
錬磨の章
勇舞の章
民衆の旗の章

先《せん》駆《く》の章

『人間革命』冒頭部に結晶した、沖縄への思い

「先駆」の章に登場する、沖縄《おきなわ》戦跡《せんせき》を巡《めぐ》りながらの山本伸一の思い――
「残酷《ざんこく》だな、あまりにも残酷だ」「戦争は悲惨《ひさん》だな」は、
のちに小説『人間革命』の名高い書き出しに昇華《しょうか》されていく。
戦争によって沖縄が歩んできた苦難《くなん》の歴史と、
池田SGI会長が沖縄に寄せる「心」に迫《せま》る。

「必ず沖縄に平和を築く」との深き決意

池田SGI会長のパスポートに最初に記された刻印《こくいん》は、「琉球《りゅうきゅう》政府」（沖縄）だった。初の海外歴訪《れきほう》に出発する2か月半前、沖縄を初訪問したときのこと。沖縄は当時、米国施政権下《しせいけんか》に置かれた〝外国〟だったのである。

32歳《さい》の池田会長が那覇《なは》空港に降《お》り立ったのは、1960（昭和35）年7月

「ひめゆりの塔」の前で、平和への深い一念をこめて
唱題する山本伸一

16日。日蓮大聖人《にちれんだいしょうにん》の『立正安国論《りっしょうあんこくろん》』上呈《じょうてい》から、ちょうど700年後の同じ日であった。

池田会長は後年、沖縄訪問が会長就任《しゅうにん》前《まえ》からの念願であったことを、次のように語っている。

「戦争の悲惨さをもっとも深く体験した沖縄。私は一日も早く、この地を訪れたかった。この沖縄から、世界の平和への潮流《ちょうりゅう》を起こしていこうと心に期《き》していた」[※1]

「働くよ。三日間で三年分は働くからね」

――そう言って、短期間ながらも支部結成などの大きな足跡《そくせき》を残していった池田会長。一行が沖縄戦の激戦地「南部戦跡」を視察《しさつ》したのは、3日目の7月18日のことだった。

同行したある婦人は、忘れ得ぬ場面を振《ふ》り返る。

「池田先生は、戦争体験者が語る当時の話を、目に涙《なみだ》をためながらじっと聞いておられました。『残酷だな、あまりにも残酷だ』と……。

『ひめゆりの塔《とう》』(四十数人の乙女《おとめ》が命を奪《うば》われた壕《ごう》の跡《あと》に立つ)の前では、朗々《ろうろう》と題目を唱えられたあと、ものすごく厳しいお顔で『二度とこのような戦争を起こしてはいけない!』と言われました。また、『健児之塔《けんじのとう》』(各部隊に連絡要員《れんらくよういん》として配置され、戦死した少年たちを祀《まつ》る塔）の前でも題目を唱えられ、『必ず沖縄に平和を築く』との決意を、力強く述べられたのです」

池田会長が小説『人間革命』を沖縄の地で書き始めようと決意したのは、このときだった。その思いは、長編詩に綴《つづ》られている。

「深く深く合掌《がっしょう》し　祈《いの》りそして／世界不戦への誓《ちか》いを固めつつ思った／いつの日か書かねばならぬ／小説『人間革命』の筆を／もっとも戦争の辛酸《しんさん》をなめた／この沖縄の地で起こそうと」※2

初の沖縄訪問から4年後の64年12月2日、創価学会旧沖縄本部の一室で、会長は『人間革命』の筆を起こした。

「戦争ほど、残酷なものはない。
戦争ほど、悲惨なものはない。
だが、その戦争はまだ、つづいていた」

名高いこの冒頭の一節は、「南部戦跡」を視察した際の思いが〝結晶《けっしょう》〟したものと言える。

歴史の新しい1ページは、悲劇の地から開かれる

1975（昭和50）年6月12日の「沖縄記念総会」に寄せた池田会長のメッセージには、次のような一文がある。

「私が小説『人間革命』の冒頭《ぼうとう》の一節を、この地で書こうと決めたのも、沖縄が戦争の悲劇にさいなまれた島であったというばかりではなく、そこに、学会の原点ともいうべき、平和建設の同志の力強い凱歌《がいか》を聞いたからにほかなりません。歴史の新しい1ページは、悲劇を味わった地から開けゆくものでもあります」

沖縄の学会員たちは、まだ総《そう》じて貧しかった。支部結成当時は、靴《くつ》がなく、ゴムぞうりを履《は》いている人もいた。自家用自動車などなく、オートバイやバスを乗り継《つ》いで、ときには徒歩で、島中を弘教《ぐきょう》に走った。

戦争の悲劇の記憶《きおく》もまだ生々《なまなま》しい時代に、苦しい生活の中にあっても民衆救済《きゅうさい》の誇《ほこ》りと使命感に燃え、生き生きと学会活動に励《はげ》む庶民《しょみん》たち。その姿から、池田会長は「力強い凱歌《がいか》」を感じ取ったのだ。

「一番、不幸に泣いた人こそ、最も幸福になる権利《けんり》があります」※3——これは、池田会長のすべての行動の原点ともいうべき言葉。沖縄に寄せる思いも、同じまなざしから発している。

沖縄が戦争で住民の4分の1を亡くした惨禍《さんか》の地であり、その後も米軍基地が置かれるなどの犠牲《ぎせい》を強《し》いられてきたからこそ、そこに永遠の平和への流れを築き、人びとを幸福にしていかなければならない……そのような「誓《せい》願《がん》」に立って、池田会長は『人間革命』を書き始めたのである。

その決意のとおり、池田会長は沖縄を舞台《ぶたい》に、各国の識者《しきしゃ》との対話などの平和行動を続けてきた。そして、「歴史の新しい1ページ」を開きゆく師の闘《たたか》いは、愛弟子《まなでし》たる沖縄の青年たちに受け継《つ》がれている。

沖縄

昭和30年代

1号線（現国道58号）を北上する戦車
ベトナム戦争の激化とともに沖縄の米軍基地は前線基地に。軍港を結ぶ1号線は、連日戦車が通った。1964（昭和39）年4月

Column

沖縄研修道場を舞《ぶ》台《たい》とした、池田SGI会長の平和行動

ミサイル基地が平和の要塞《ようさい》に

創価学会沖縄研修道場は、米軍「メースB基地」の跡地《あとち》に建設された。メースBは中距離核《ちゅうきょりかく》ミサイル。1.5メートルもの厚さのコンクリートで覆《おお》われたその発射台は、研修道場となってからも取り壊《こわ》すことができずに残っていた。

だが、1983年に研修道場を初訪問した池田会長は、「『人類は、かつて戦争という愚《おろ》かなことをした』との一つの証《あか》しとして」「『戦争を二度と起こさない』との誓《ちか》いを込《こ》めて」※4 発射台を永遠に残し、平和の記《き》念碑《ねんひ》とすることを提案した。

「発射台はなんとか取り壊さなければ」と頭を悩《なや》ませていた沖縄のリーダーたちは、鮮《あざ》やかな発想の転換《てんかん》に目を瞠《みは》った。こうして、ミサイル発射台は「世界平和の碑《ひ》」へと生まれ変わったのだった。

世界の識者《しきしゃ》たちが研修道場に感嘆《かんたん》

さらに池田会長は、「ここを、世界の人が集まってきて平和を考える原点の地にしよう」と沖縄の友に語った。以後、その言葉のとおり研修道場には、海外からの来賓《らいひん》が数多く訪《おとず》れ、池田会長との語らいの場ともなった。

平和の施設となったメースB基地跡

1969年当時のメースB基地跡（写真上右）。ミサイル本体はすでに撤去されていたが、8つの発射口は、ぽっかりと穴をあけた状態で残っていた。沖縄で4か所あった発射基地も、その跡を残すのは、研修道場の1か所のみ

2000年に戸田記念国際平和研究所が主催《しゅさい》した「沖縄国際会議」には、世界10か国から30人の世界的研究者や識者が集い、この会議に参加したマジッド・テヘラニアン博士（当時、戸田記念国際平和研究所所長）らも、研修道場を見学した。

「沖縄会議」で基調講演《きちょうこうえん》を行ったジョセフ・ロートブラット博士（物理学者で平和運動家。ノーベル平和賞受賞者）は、研修道場を訪れた際、次のように述《の》べたという。

「このような戦争の基地を平和の地に変えるということは、なかなかできない。つねに平和を真剣《しんけん》に志向していなければ、思いつかない発想です」

同様の声は、研修道場を訪れた国内外の識者から多数寄せられている。核時代平和財団のディビッド・クリーガー所長は、次のような言葉を残している。

「私はこの場所を訪れ、ここに平和の種が植えられているのを見ました。この平和の種は、ここから世界へと芽吹き、平和と正義をもたらしてゆくでしょう」※5

池田会長の願いどおり、東西冷戦時代を象徴《しょうちょう》する軍事施設《ぐんじしせつ》だった場所が、いまや世界に向けての「平和の発信地」となったのだ。

青年たちが受け継《つ》ぐ
平和運動

広範《こうはん》な平和運動を続けてきた創価学会の中にあっても、沖縄・広島・長崎はとくに力を入れてきた。3県の青年部代表が集う「3県平和サミット（青年平和連絡協議会《れんらくきょうぎかい》）」も、1989年から始まった。ここでは、沖縄青年部が行ってきた平和運動の一端《いったん》を紹介《しょうかい》する。

沖縄の人びとにとって、6月23日の「沖縄県慰霊《いれい》の日」（沖縄戦の組織的戦闘が終結した日にちなんで制定された記念日）は、平和への誓《ちか》いを新たにする特別な日。沖縄県創価学会青年部の平和運動も、この日を基軸《きじく》に続けられてきた。運動の本格的な始まりとなったのも、1971（昭和46）年6月20日に「6・23」の意義をふまえて開かれた「平和に関する学生集会」であった。

当時、沖縄では本土復帰に向けての運動が高まり、その中で「コザ騒動」（コザ市——現在の沖縄市で起きた米軍《べいぐん》車両および施設《しせつ》焼《や》き討《う》ち事件）などの事件も起こり、犠牲者《ぎせいしゃ》も出ていた。だからこそ、仏法の生命尊厳《そんげん》の哲学《てつがく》を基調とした、暴力に至《いた》らない平和運動を沖縄青年部はめざし、広く社会に問うたのだった。

創価学会の反戦出版活動も、沖縄から始まったものだ。学会青年部が編纂《へんさん》した80冊にのぼる戦争体験集のうち、沖縄は5冊を手がけている。

また、沖縄青年部では、1982年から、沖縄戦体験者が描《えが》いた「沖縄戦の絵」展を主催《しゅさい》し、県下および全国を巡回《じゅんかい》して大きな反響《はんきょう》を巻き起こしてきた。

それらの絵は、技術的な巧拙《こうせつ》を超《ちょう》越《えつ》して観《み》る者に強く訴《うった》えかける。描いた人が感じた悲しみや怒《いか》りが、まっすぐ伝わってくるのだ。また、軍による記録ではなく、民衆の視点か

青年部の反戦出版第1号として、1974年6月23日に発刊された『打ち砕《くだ》かれしうるま島』を含《ふく》めて、沖縄編は5冊

米軍の降伏勧告《こうふくかんこく》ビラを持っていたため、スパイ扱《あつか》いされた少女。拷問《ごうもん》に息絶えた

ら戦争の実像をとらえたものであることにも、大きな意義がある。同展が始まる前から、沖縄戦についての出版物は多かった。だが、それらはみな米軍が撮《と》った写真を集めたものだった。戦争体験者はそうした写真を見て、「こんなもんじゃなかった。もっと地獄《じごく》だった」と、よく言っていたという。写真には写っていない、いっそう凄惨《せいさん》な沖縄戦の現実があったのだ。

広島では、原爆被害《げんばくひがい》を受けた人に、その体験を絵にしてもらう運動が行われていた。それにヒントを得て、「沖縄戦の絵」を描く運動が推進された。

沖縄の学校では、「慰霊の日」の前後に戦争と平和を考える授業を行う。その教材として、「沖縄戦の絵」が使われることもよくあるという。青年部が続けてきた運動が、戦争体験の継承《けいしょう》に大きな役割を果たしているのだ。

「3県平和サミット」でも、3県の青年がたがいの活動成果を報告し合うとともに、平和祈念資料館などの見学や戦争体験者の講演などを継続している。

沖縄戦の終結から時を経て、戦争体験の継承がしだいに困難《こんなん》になっていくなか、創価学会では平和への誓《ちか》いが青年たちに着実に受け継《つ》がれているのだ。

【出典】※1『池田大作全集』第76巻　※2『池田大作全集』第40巻　※3『新・人間革命』第1巻「慈光」の章　※4「聖教新聞」2010年3月6日付　※5「聖教新聞」1998年2月27日付

宿命のうるま島

山本伸一の訪れた沖縄

アメリカの施《し》政《せい》権《けん》下《か》にあった1960年の沖縄。
伸一が心を痛《いた》めた「沖縄の犠《ぎ》牲《せい》の歴史」。その重さをデータでたどる。

戦争と沖縄

データで見る沖縄戦

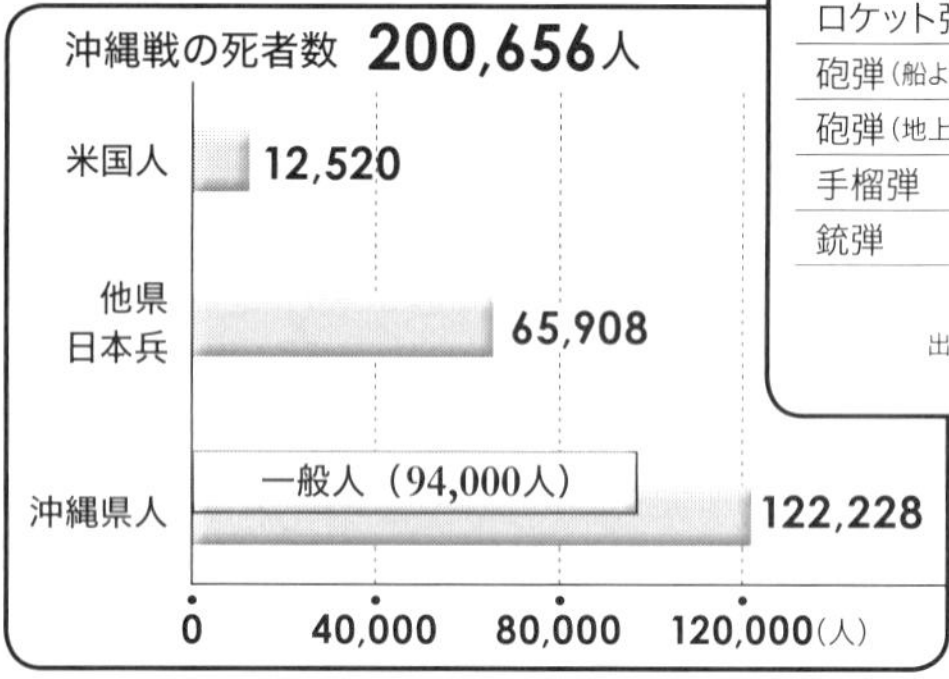

（沖縄県援護課発表　1976年3月）
※ひめゆり学徒隊、鉄血勤皇隊は、一般人に含まれない
出典：沖縄平和祈念資料館

鉄の暴風　データ

ロケット弾	→	2万発
砲弾（船より）	→	6万発
砲弾（地上より）	→	750万発
手榴弾	→	39万2000発
銃弾	→	3000万

（米軍側のみの数字）

出典：『天王山――沖縄戦と原子爆弾』
ジョージ・ファイファー　早川書房

基地と沖縄

沖縄駐留米軍

【基地面積】
1951年　124㎢
1960年　209㎢
70% Up

【人数】
1950年　21,000人
1960年　37,000人
75% Up

【県土面積に占《し》める基地の割合】
2010年10月1日現在

232.47㎢ / 2276.15㎢ = 10.21%　全国1位

※本土復帰し、少しずつ基地返還されているにもかかわらず、沖縄の負担は依然として大きい。

在日米軍兵力（本土）

【基地面積】
1952年　1,352㎢
1960年　335㎢
75% Down

【人数】
1952年　260,000人
1960年　46,000人
80% Down

銃剣とブルドーザー

「基地の中に沖縄がある」。沖縄が日本に返還《へんかん》される直前には、沖縄本島の４分の１以上が基地、という状況《じょうきょう》となったことが、「先駆《せんく》」の章では述《の》べられている。日本が独立を回復した１９５１年から伸一が訪れる60年までの間に、沖縄の基地面積は70％も増加。駐留《ちゅうりゅう》する米兵の数も75％増加している（右表参照）。同じ時期に、日本本土では、基地面積が４分の１に、兵の数も５分の１に減少しているのとは対照的だ。現在、オスプレイの配備がニュースとなっている普天間《ふてんま》飛行場を海兵隊が使うようになったのが、１９６０年のこと。この海兵隊は日本本土から移転しており、本土の基地返還・負担軽《ふたんけい》減《げん》と沖縄の負担増は裏腹《うらはら》の関係にあったことがわかる。先祖伝来の生活基盤《きばん》である土地を〝銃剣とブルドーザー〟で追い立てられた住民は、「基地難民《なんみん》」となり、一部は海外への移住を選《せん》択《たく》した。駐留米兵による犯罪や墜落事故《ついらくじこ》と隣り合わせの生活は、当時も今も変わっていない。

【参考資料】「沖縄の米軍及び自衛隊基地（統計資料集）平成24年3月」沖縄県知事公室基地対策課／『沖縄県史 ビジュアル版1 戦後① 銃剣とブルドーザー』（沖縄県文化振興会公文書館管理部史料編集室編）沖縄県教育委員会／『沖縄を知る事典』日外アソシエーツ／『米軍基地の歴史』（林博史著）吉川弘文館／『防衛ハンドブック 平成24年版』朝雲新聞社

錬《れん》磨《ま》の章

「水滸会」「華陽会」の歴史と、人材育成への深き思い

「錬磨」の章では、「水滸会《すいこかい》」と「華陽会《かようかい》」の野外研修の模様《もよう》が描《えが》かれる。伝統の人材育成グループである両会の歴史を、名場面からひもとく。

次代のリーダーを育《はぐく》む真剣勝負《しんけんしょうぶ》の場

1952（昭和27）年、戸田城聖《とだじょうせい》みずから青年部の代表を訓育《くんいく》する二つの人材育成グループが、相次《あいつ》いで結成された。女子部を対象《たいしょう》とする「華陽会」が10月に、男子部対象の「水滸会」が12月に、それぞれスタートしたのである。

両会とも月に2回ほど会合がもたれ、古今《ここん》東西《とうざい》の名作文学などを教材として感想を語り合うなどして、研鑽《けんさん》していくものであった。「水滸会」の名も、発足《ほっそく》当初の教材が佐藤春夫《さとうはるお》の『新訳《しんやく》　水滸傳《すいこでん》』

「錬磨」の章で描かれた、「水滸会」の犬吠埼《いぬぼうさき》での野外研修

であったことに由来《ゆらい》する。

ただし、たんなる読書会ではなかった。作品の感想を起点《きてん》とした師弟《してい》の語らいは、政治や経済、歴史、宗教、芸術などについて、万般《ばんぱん》に及《およ》んだ。そのすべての話題の中に、戸田はみずからの思想の〝核《かく》〟をこめ、教え伝えていったのである。

会合は時間厳守《げんしゅ》。メモをとることは許されなかった。仏法をふまえた深遠《しんえん》な人生哲学《てつがく》を語る戸田の言葉を、心に刻《きざ》みつけることを求められたのだ。「水滸会」での訓練《くんれん》が描《えが》かれた『人間革命』第7巻「水滸の誓《ちかい》」の章には、「振《ふ》り返ってみれば、戸田の言説《げんせつ》は、すべて遺言《ゆいごん》の響《ひび》きをもっていた」との一文がある。まさに後継《こうけい》の青年たちに遺言を託《たく》すような覚悟《かくご》で、戸田は「水滸会」に臨《のぞ》んでいたのだ。

そして、この「水滸会」のメンバーの中心となってきたのが、若き日の池田SGI会長であった。池田会長は、師の言葉を一言も聞きもらすまいとする真剣な態度で、会合に臨んだ。当時の参加者の一人はその様子を振《ふ》り返り、「戸田先生の言葉を聞いているというより、骨や肉や血液にしているかのようでした※1」と表現している。

戸田は、ある日の会合で、〝この中から第三代会長が出る〟と述べたことがある。まさに次代を担《にな》うリーダー、一騎当千《いっきとうせん》の民衆指導者を育成するための会合であったのだ。そして、3年半にわたった戸田会長時代の「水滸会」からは、創価学会の中枢幹部《ちゅうすうかんぶ》はもとより、日本の政界、教育界、文化・芸術界など、社会の第一線で活躍《かつやく》する人材が陸続《りくぞく》と輩出《はいしゅつ》された。

いっぽう、女子部の代表が集《つど》った「華陽会」は、「華《はな》のように美しく、太陽のように誇《ほこ》り高くあれ」という戸田の女子部への願いから命名された。「戸田は、彼女《かのじょ》たちを、最も人間らしい、革新的《かくしんてき》な女性に、しっかりと育て上げたかった」(『人間革命』第7巻「翼《つばさ》の下《もと》」)

女子部全員が人生のなかで「それぞれ、ふさわしい花を咲《さ》かせること」ができるよう、その模範《もはん》となるリーダーを育成するためにもうけられたのが「華陽会」であった。

池田会長の代になっても、メンバーを新たに加えながら、「水滸会」「華陽会」は継続《けいぞく》された。

「人材の育成こそが、広宣流布《こうせんるふ》の建設であることを、彼《かれ》は痛切《つうせつ》に感じていた」――「錬磨」の章に記されたこの一節のとおり、「水滸会」「華陽会」での人材育成は、未来をかけた真剣勝負であったのだ。

小説『人間革命』

「水滸会」「華陽会」の名場面

1 読書法の真髄《しんずい》を伝える

「水滸会」の会合で青年たちは、小説を読む際にも、
ストーリーの背後にある作者の思想までを把握《はあく》し、
人生の糧とする術を、戸田から教わった。
「青年のうちに、古今東西の名作を読むということは、
古今東西の得がたい経験を積むことと同じです」
戸田はそう言って、読み方の範をみずから示していった。
たとえば、『新譯《しんやく》 水滸傳《すいこでん》』を読みながら、一見平凡な
人物である宋江《そうこう》（『水滸傳』の舞台となる梁山泊《りょうざんぱく》の首領）が、
なぜ豪傑たちのリーダーたり得たと思うか、と問うた。
戸田の答えは、宋江は「相手の人物をとことんまで見抜く特別の力を
もっていた」というものだった。「士は己を知る者のために死す」と
言うとおり、自分をいちばんよく知ってくれる宋江を、
豪傑たちは敬慕したのだ、と……（第7巻「水滸の誓」）。
このような卓越した人物観を戸田から教えられることで、
青年たちはおのずと人を見る眼を養っていった。
そしてまた、読書を通じて確かな歴史観をもち、
己が人生を大局的に見ることを学んでいったのである。

水滸会・華陽会　主な教材リスト

※（　）内は、作品に描かれた舞台と時代
※①は『若き日の読書』、②は『続・若き日の読書』に掲載

水滸会

●『新訳 水滸伝』佐藤春夫訳（中国／宋代）　●『モンテ・クリスト伯』アレクサンドル・デュマ（フランス／1830年代）①　●『風霜』尾崎士郎（日本／幕末）①　●『風と波と』村松梢風（日本／明治）　●『九十三年』ヴィクトル・ユゴー（フランス／18世紀末）②　●『ロビンソン・クルーソー』ダニエル・デフォー（チリ沖太平洋／18世紀）　●『隊長ブーリバ』ニコライ・ゴーゴリ（ロシア／16世紀）②　●『人形の家』イプセン（ノルウェー／19世紀末）　『三国志』吉川英治（中国／三国時代）①　●『新書 太閤記』吉川英治（日本／戦国～安土桃山時代）

華陽会

●『永遠の都』ホール・ケイン（イタリア・古代ローマ）①　●『二都物語』ディケンズ（イギリス・フランス／フランス革命）　●『スカラムーシュ』ラファエル・サバチニ（フランス／フランス革命）①　●『坊っちゃん』夏目漱石（日本／明治）　●『小公子』バーネット（アメリカ・イギリス／19世紀）　●『人形の家』イプセン（ノルウェー／19世紀末）②　●『隊長ブーリバ』ニコライ・ゴーゴリ（ロシア／16世紀）②　●『テス』トマス・ハーディ（イギリス／19世紀末）　●『三国志』吉川英治（中国／三国時代）①　●『ポンペイ最後の日』リットン（ローマ帝国／1世紀）①　●『若草物語』オルコット（アメリカ／19世紀後半）

2「水滸《すいこ》の誓《ちかい》」

「水滸会」発足から半年ほどが過ぎたころのこと。
厳粛な訓練の場である「水滸会」にも、いつしか惰性が忍び寄っていた。
1人の参加者が戸田に対し、会合内容とは関係のない話を
ダラダラとつづけた。求道心の感じられないその姿に、
戸田は「この会合を、いったい、なんだと思っているのだ！」と激怒。
席を立って帰ってしまった。以来、「水滸会」が
再開されない日々がつづいた。「このままに放置しておくことは、
戸田に対する反逆である」とまで思いつめた山本伸一は、
のちに「水滸の誓」と呼ばれることになる三箇条の宣誓書
（一、御本尊に対する誓、一、戸田城聖先生に対する誓、
一、会員同志の誓）を起草。その草案を戸田に見せ、
メンバーを選出し直した「水滸会」の再出発を請うことで、
戸田の怒りを解いた。そして、新たに43人の精鋭を選出し、
その全員が宣誓文に署名・拇印。新生「水滸会」の始まりであった。
（第7巻「水滸の誓」）

3「華陽会《かようかい》」への細《こま》やかな薫陶《くんとう》

1952年10月21日、東京・市ヶ谷のあるレストラン――。
戸田のもとに20人の女子部員が集い、
食事を共にしていた。「華陽会」の出発の会合であった。
まだ日本が貧しく、庶民たちは日々の暮らしに汲々としていた時代。
乙女たちは、慣れない西洋料理のコースを前に、
不器用に音を立ててナイフとフォークを操った。
戸田は、彼女たちに洋食のテーブルマナーから教えた。
また、料理や化粧や礼儀作法、服装のことまで教えることもあった。
「華陽会で、こうして訓練を受けていることは、
現代の最高の女性の実力をつけているんです」
次代を担う女性リーダーの育成のため、戸田は「華陽会」で
さまざまな面から細やかに指導したのだった。
（第7巻「翼の下」）

水滸会の歴史

『創価学会年表』『若き日の日記』を参考に、
「水滸会」の主な歴史をまとめると――。

1952年（昭和27）	10.21	「華陽会」の初会合が、市ヶ谷のレストランにて行われる（20人が集う）。教材は『二都物語』から始まることに決まる。（⑦ 翼の下）
	12.16	「水滸会」の初会合が、西神田の学会本部にて行われる（38人が集う）。『水滸伝』序文を読み、「水滸会」の意義、使命などについて語る。以後、月2回開催。（⑦ 水滸の誓）
1953年（昭和28）	6.16	「水滸会」の惰性を厳しく叱責し、戸田は会合を中座する。この日の『若き日の日記』には「我等悪し。全く、魂なく、意気地なきことを反省する」と。（⑦ 水滸の誓）
	7.21	三箇条の宣誓書「水滸の誓」に43人が署名・拇印して、新出発。（西神田、学会本部）（⑦ 水滸の誓）
	11.13	信濃町に新学会本部が完成。（⑦ 匆匆の間）
	12.23	第2回男子部総会にて伸一は「水滸の誓」を基本にした宣誓を朗読（⑦ 匆匆の間）
1954年（昭和29）	2.9	『水滸伝』を終える。参加者76人。
	2.23	『モンテ・クリスト伯』を教材に。戸田、獄中生活を語る。
	4.27	『モンテ・クリスト伯』。約束を守ることの重要性を語る。
	5.11	『風霜』を教材に。組織論などを語る。
	6.22	『風と波と』を教材に。アジアの平和確立について指導。
	7.13	『九十三年』を教材に。
	9.4	第1回野外研修（東京・氷川キャンプ場）64人。午後3時、本部前をバスで出発。〝十年後に再びこの地に集まって貰う。その時に、ぜひ頼みたいことがある――〟との講演で終わる。（⑧ 明暗）
	9.28	『ロビンソン・クルーソー』を教材に。
1955年（昭和30）	6.11	第2回野外研修（山梨・河口湖、山中湖）。1期生2期生83人が参加。バンガロー風の旅館が宿舎になっていることを、〝水滸会も惰弱になった〟と叱咤。（⑨ 上げ潮）
	9.27	『三国志』を終了。東洋広布の進め方、日本の広宣流布の仕上げ方について遺言にも似た指導となった。
1956年（昭和31）	3.27	18時より2時間、信長・秀吉・家康について語る。
	5月	戸田の体調悪化により、戸田時代の「水滸会」は終了（薫陶を受けたのは3期、120人に）。

Column

創価学会の災《さい》害《がい》救《きゅう》援《えん》活《かつ》動《どう》に輝《かがや》く真心

「錬磨」の章には、「伊勢湾《いせわん》台風」（1959年）に際して創価学会が行った被災者支援の模様が描かれている。このような救援活動は、その後も大災害のたびにくり広げられてきた。その一端を紹介する。

伊勢湾台風の被災状況

政府よりも迅《じん》速《そく》な救援活動

『新・人間革命』では、「錬磨」の章に描かれた伊勢湾台風の救援活動以外にも、第7巻「操舵《そうだ》」の章に「三八豪雪《さんぱちごうせつ》」（昭和38年に起きた記録的暴風雪災《ぼうふうせっさい》害《がい》）、第2巻「先駆《せんく》」の章にチリ地震《じしん》による津波《つなみ》被害の救援活動の模様などが、それぞれ紹介されている。

　しかしここでは、記憶《きおく》に新しい災害での救援活動について取り上げよう。

　創価学会の災害救援活動には、いくつかの際立《きわだ》った特徴《とくちょう》がある。

その一つは、災害が起きた直後から、全組織を挙《あ》げて迅速《じんそく》かつ大規模《だいきぼ》な救援が展開されることだ。

たとえば、1995年1月17日の阪《はん》神《しん》・淡路《あわじ》大震災《だいしんさい》では、発災《はっさい》からわずか2時間後、東京の学会本部と関西文化会館に災害対策本部が設置された。その日のうちに結成された学会員の医師と看護師《かんごし》による救急医療班《きゅうきゅういりょうはん》は、翌日には、約500人の規模で現地に派遣《はけん》された。

ガレキに埋《う》もれた道なき道を通って救援物資をいち早く届けたのも、創価学会のバイク隊であった。バイク隊の第《だい》1陣《じん》が兵庫池田文化会館に到着《とうちゃく》したのは、震災当日の21時過ぎ。また、同じく22時過ぎには、淡路島文化会館にトラック8台分の救援物資が到着した。

迅速な支援は、シンガポールの有力紙「ザ・ストレイツ・タイムズ」が「今回の震災で、いちばんよく組織された救援努力を行った私的機関は仏教徒の創価学会であろう」と評価するなど、海外からも称賛《しょうさん》された。

新潟県中越地震《にいがたけんちゅうえつじしん》（2004年10月23日）や東日本大震災（2011年3月11日）でも、同様の迅速な救援活動が展開された。それは村井嘉浩《むらいよしひろ》宮城県知事が、「創価学会は震災対応において、本来は行政がやるべきことまでやってくださっていると感じます」※2と称賛したほどのものであった。

【出典】※1『大白蓮華』2005年9月号　※2『潮』2011年8月号
【参考資料】『創価教育研究』第2号 創価大学創価教育研究センター／『座談会 戸田城聖第二代会長を語る』聖教新聞社／『創価学会年表』（創価学会年表編纂委員会）聖教新聞社 1976／『池田大作全集』第36、37巻／『大白蓮華』2005年9月号／『若き日の読書』『続・若き日の読書』第三文明社／「聖教新聞」1995年1月30日付、2月26日付／『関西広布史』[6] 聖教新聞社「東日本大震災救援活動レポート」創価学会広報室／『東日本大震災――創価学会はどう動いたか』潮出版社／「中外日報」1995年1月26日付

勇《ゆう》舞《まい》の章

三代会長と長野の縁《えにし》

長野は『新・人間革命』執筆《しっぴつ》開始の地であり、創価学会三代の会長とそれぞれ深い縁《えにし》を結んだ地でもある。その歴史を振《ふ》り返る——。

師弟の語らいのひととき

『新・人間革命』は、1993（平成5）年8月6日、長野研修道場で執筆が開始された。

「師弟有縁《していうえん》の天地」を誇《ほこ》りとする長野県創価学会。その歴史は、学会創立（1930年）前にまでさかのぼる。のちの初代会長・牧口常三郎《まきぐちつねさぶろう》が、愛弟《まなで》子《し》・戸田城聖《とだじょうせい》（第二代会長）を伴《ともな》い、1925（大正14）年、27（昭和2）年、28（昭和3）年の3度にわたって軽井沢《かるいざわ》を訪問しているのだ。地理学者・教育学者でもあった牧口は、教育県であり、美しい山河《さんが》に恵《めぐ》まれた長野県に注目していた。

牧口は、その後も何度か長野に赴《おもむ》いた。1936（昭和11）年には1週間にわたって諏訪《すわ》・伊那《いな》・松本・長野・上田を歴訪《れきほう》し、各地で座談会も開催《かいさい》している。

また、「勇舞《ゆうまい》」の章にあるとおり、「長野県は戸田城聖が、最後の夏を過ごした思い出の地」でもある。逝去《せいきょ》前年の1957（昭和32）年8月、戸田が軽井沢で過ごした日々については、『人間革命』第12巻「涼風《りょうふう》」の章に描《えが》かれている。

若き日の池田SGI会長も赴き、師弟の語らいのひとときが生まれた。発刊されて間《ま》もなかった戸田城聖著『小説　人間革命』が話題にのぼり、そのとき池田会長は、自《みずか》らもまた、師の生《しょう》涯《がい》を伝え残す『人間革命』執筆の決意を心中で固めたのだった。

池田会長はそれまでにも、何度か『人間革命』執筆を決意している。

たとえば、1951（昭和26）年春、「聖教新聞」の創刊にあたり、戸田が連載《れんさい》小説『人間革命』の原稿《げんこう》をいち早く読ませてくれたときなどである。しかし、それらはまだ「茫漠《ぼうばく》としたものにすぎなかった」（「涼風」の章）。

明確に執筆の決意を固めたのは、57年8月の軽井沢においてなのである。続編『新・人間革命』が同じ長野の地で執筆が開始されたのも、けっして偶《ぐう》然《ぜん》ではない。

１９６０年の軌跡——各地の新支部結成大会

北《ほく》南《なん》米《べい》訪《ほう》問《もん》から戻《もど》った山本伸一は、
各地の新支部結成大会に全力を傾《かたむ》ける。
伸一が東奔西走した軌跡を、
2巻の記述にそってまとめると。

			結成大会が行われた支部	都道府県	『新・人間革命』に描《えが》かれている巻・章
1960年	5月	3日	*会長就任式《しゅうにんしき》(東京・日大講堂)*		
	7月	17日	沖縄支部	沖縄	②先駆《せんく》
	10月	20日	*ブラジル支部*		①開拓者《かいたくしゃ》
		22日	*ロサンゼルス支部*		①開拓者
	11月	1日	千葉支部	千葉	②勇舞《ゆうまい》
		4日	前橋支部	群馬	②勇舞
		7日	沼津《ぬまづ》支部	静岡	②勇舞
		9日	甲府支部	山梨	②勇舞
		10日	松本支部	長野	②勇舞
		11日	長野支部	長野	②勇舞
		12日	富山支部	富山	②勇舞
		13日	金沢支部	石川	②勇舞
		15日	(室蘭《むろらん》支部)	北海道	
		17日	(帯広《おびひろ》支部)	北海道	
		22日	山形支部	山形	②民衆《みんしゅう》の旗《はた》
		23日	南秋田支部	秋田	②民衆の旗
		24日	岩手支部	岩手	②民衆の旗
		26日	水戸支部	茨城	②民衆の旗
	12月	4日	大分支部	大分	②民衆の旗
		6日	徳島支部	徳島	②民衆の旗
		14日	多摩川支部	東京	②民衆の旗
			城南《じょうなん》支部		
			大森支部		
			品川支部		
		19日	豊島《としま》支部	東京	②民衆の旗
			大塚《おおつか》支部		

民衆《みんしゅう》の旗《はた》の章

池田SGI会長に学ぶ地域《ちいき》友好《ゆうこう》の精神

「民衆の旗」では、学会本部近隣《きんりん》に対する、山本伸一の気配りが紹介《しょうかい》される。つねに地域友好を大切にしてきた池田SGI会長の姿勢《しせい》に学ぶ。

自ら地域友好の範《はん》を示してきた池田SGI会長

「伸一は、学会本部に会合などで人が来るたびに、隣近所《となりきんじょ》に迷惑《めいわく》をかけないよう心を砕《くだ》くのが常であった。彼《かれ》は、近隣《きんりん》を大切にする心が深かった」（「民衆の旗」）

池田SGI会長は、一貫《いっかん》して学会本

当時の信濃町駅

1960年当時の駅周辺

部のある東京・信濃町《しなのまち》の近隣友好を重《じゅう》視《し》してきた。

たとえば、1960（昭和35）年5月3日に会長就任式を終えたあと、真っ先に行《おこな》ったことは、本部近隣へのあいさつ回りであった。

「民衆の旗」の章に紹介されている、池田勇人《いけだはやと》（当時・通産大臣）宅《たく》にあいさつに赴《おもむ》いた話は、そのときの出来事である。

また、1966（昭和41）年に池田会長自身が信濃町に住まいを移してからは、住民の一人としても近隣友好の範を示してきた。

一例として、1985（昭和60）年から、聖教新聞社本社の前庭で行われている「信濃町ふるさと盆踊《ぼんおど》り大会」をめぐるエピソードがある。

信濃町では戦後まもないころから空き地を利用して盆踊りが行われてきたが、やがて空き地も減《へ》り、いつしか中断されてしまった。地元の人びとは盆踊りの復活を願っていた。

あるとき、池田会長が本部近くの喫《きっ》茶店《さてん》に立ち寄った際、店主から「学会で、盆踊りの会場を提供していただけないでしょうか」と相談をもちかけられた。会長は即座《そくざ》に「大賛成《だいさんせい》です。私も信濃町の住民の一人ですから」※1と応じ、翌年から盆踊り大会が始まったのだ。

　信濃町にかぎったことではない。池田会長は、地方に行けば学会会館と地域の友好に努《つと》めてきた。会館を「地域社会への貢献《こうけん》の城《しろ》※2」と捉《とら》えるからこそである。

　また、池田会長は折にふれ、会員たちに近隣友好の大切さを説《と》いてきた。会長は随筆《ずいひつ》のなかで、「『近隣友好』の三つの心がけ※3」をまとめている。

1 地域の「安穏《あんのん》」と「繁栄《はんえい》」を祈《いの》ること
2 礼儀《れいぎ》正しく良識豊かに
3 励《はげ》まし合い、助け合う麗《うるわ》しき連帯を！

　池田会長のそのような姿勢《しせい》に倣《なら》い、学会員一人ひとりが、それぞれの地元で「地域の灯台」たらんと願い、行動しているのだ。

　同じ随筆で、会長は「平和の起点は、近隣《きんりん》同士が日常的に助け合い、互《たが》いを知り合うことである」と綴《つづ》っている。

　近隣友好と世界平和――二つは一見、遠くかけ離《はな》れているようにも思える。しかし、地域で友好の輪が広がりゆく先に、世界の人びととの友好、ひいては世界平和もあるのだ。


【出典】※1『池田大作全集』第129巻　※2『新・人間革命』第15巻「開花」の章　※3『随筆 出発の光』

信濃《しなの》町《まち》界隈《かいわい》
ゆかりの文化人

江戸《えど》時代に屋敷《やしき》をかまえた武家に
その名が由来するという東京・新宿区信濃町。

斎藤茂吉《さいとうもきち》
大京町

◉アララギ派を代表する歌人。晩年を、大京町《だいきょうちょう》で過ごした。「新宿の大京町といふとほりわが足よわり住みつかむとす」と詠《よ》んだ歌もある。

安藤鶴夫《あんどうつるお》
若葉

◉落語評論で大きな功績《こうせき》を残した直木賞作家・演劇評論家。信濃町の東に位置する若葉を活動の拠点《きょてん》とした。地元のたいやき屋を紹介《しょうかい》したエッセーが大きな反響《はんきょう》を呼んだ。

二葉亭四迷《ふたばていしめい》
四谷

◉小説家・翻訳家《ほんやくか》。後に言文一致体《げんぶんいっちたい》の嚆矢《こうし》となる作品を発表。ロシア文学への傾倒《けいとう》を深めた東京外国語学校時代の住まい（四谷1丁目）が新宿区指定史跡《しせき》となっている。

岸田國士《きしだくにお》
大京町

◉演劇界の芥川賞《あくたがわしょう》と言われる岸田國士戯曲賞《ぎきょくしょう》に、その名を残す劇作家。大京町に生家があった。信濃町には、岸田の興《おこ》した劇団、文学座の活動拠点《きょてん》のひとつ文学座アトリエがある。

里見弴《さとみとん》
大京町

◉志賀直哉《しがなおや》らと『白樺《しらかば》』を創刊したメンバーの一人。大正時代に大京町に在住。最初の戯曲《ぎきょく》『新樹』、名作の誉《ほま》れ高い『父親』を発表したのが、この時期にあたる。

塙保己一《はなわほきいち》
若葉

◉7歳《さい》で失明ののち『群《ぐん》書類従《しょるいじゅう》』を編纂《へんさん》した江戸時代の学者。ヘレン・ケラーが目標と仰《あお》いだ人物としても知られている。『群書類従』の形式が、20字×20行の原《げん》稿用紙《こうようし》の起源と言われる。若葉《わかば》にお墓がある。

宇野千代《うのちよ》
大京町

◉大正から平成にかけて、長く活躍《かつやく》した小説家・着物デザイナー。戦前の一時期、信濃町の西側に隣接する大京町に住む。この住まいは、彼女《かのじょ》が創刊《そうかん》したファッション雑誌「スタイル」の編集室にもなっていた。

滝沢馬琴《たきざわばきん》
霞ヶ丘町

◉読本《よみほん》作者。晩年、失明に近い状態の中、『南《なん》総里見八犬伝《そうさとみはっけんでん》』を口述《こうじゅつ》した住まいが信濃町の南側・霞《かすみ》ヶ丘町《おかちょう》にあった。

長田幹彦《ながたみきひこ》
信濃町

◉谷崎潤一郎《たにざきじゅんいちろう》と並び称《しょう》された人気作家。「民衆の旗」の章の当時、信濃町の町会長を務めていた。住まいは秋山真之《あきやまさねゆき》の旧宅だった。

【参考資料】『新宿ゆかりの文学者』新宿歴史博物館／『信濃町の今昔』五十嵐喜市編集・発行

「山本家の子育て」に学ぶ

「民衆の旗」の章の後半に描かれた、山本家の子育ての模様。そこから汲み取るべき普遍的な知恵を、何点か抽出してみよう——。

親が真剣《しんけん》に取り組む姿を見せる

「小学生の正弘には、伸一《しんいち》の会長就任式となった、五月三日の総会にも参加させた。父の広宣流布に生きる決意を、わが子の魂に焼きつけておきたかったのである」

「民衆の旗」のこの一節から、子育ての要諦の一つを汲み取ることができよう。それは、「親が何かに真剣に取り組む姿」をわが子に見せることの大切さだ。

一度かぎりの厳粛な場である会長就任式とは次元が異なるものの、真剣に取り組む姿を見せる機会は、どの親にもある。

近年、親の働く姿や職場を見せる「こども参観日」を実施している企業や官公庁が多い。また、〝商売をしている家の子どもは、親が真剣に働く姿を間近に見て育つから、しっかりした子が多い〟とも言われる。

ことは職場に限らない。地域で、家庭で、何かに真剣に取り組む親の姿は子どもにとって、どんな言葉より雄弁な教育になる。

「心配しなくても大丈夫よ」——子どもを安心させ、励ます峯子

子どもをほめるときは努力をほめる

伸一は、子どもたちが描《か》いた自分の似顔絵を見て、次のようにほめる。

「一生懸命《けんめい》に頑張《がんば》って描いたのがよくわかるよ。どんなことでも、一生懸命に頑張り、練習していけば、周《まわ》りの人がビックリするほど、上手《じょうず》になる。だから優《すぐ》れた人というのは、一番、努力《どりょく》した人なんだよ」

　これは、心理学的観点からも理《り》にかなったほめ方と言える。

　米スタンフォード大学の心理学教授で、子どもを「進んで努力をする子」に育てる方法を研究してきたキャロル・S・ドゥエック博士によれば、子どもの才能や頭のよさをほめると、努力への意欲を削《そ》いでしまうという。〝能力は持って生まれたものだから、努力で伸ばすことはできない〟と子どもに思わせてしまうからだ。

　逆に、「子どもが努力したこと」を、そのつど親が的確《てきかく》にほめると、子どもは「もっと頑張ろう」と思うことができる。そうしたほめ方を習慣《しゅうかん》にすることで、「進んで努力をする子」に育つ。山本家では、まさにそのような家庭教育がなされていたのだ。

学習への関心と意欲《いよく》を引き出す家庭環境《かんきょう》を作る

伸一は、膨大《ぼうだい》な蔵書《ぞうしょ》を納《おさ》めた作り付けの本棚《ほんだな》の扉《とびら》をすべて取り外《はず》し、背表紙《せびょうし》がむき出しのまま並んで見えるようにする。子どもたちが本への興味《きょうみ》を持ち、抵抗《ていこう》なく書物になじめるようにする工夫《くふう》であった。

また、クラシックの名曲などを収めたレコードも、「小さな子どもたちに自由に使わせていた」という。高価なレコードが傷《きず》つくという代償《だいしょう》を払《はら》っても、「子どもが自由に名曲に親しむことの方が、はるかに大切である」と考えていたのである。

世の読書好きの人には、「子どものころ、家にたくさんの本があった」という人が多い。まさに、「家に本があるかないかで、精神形成のうえでは大きな違《ちが》いがある」（「民衆の旗」）のだ。

夫婦の巧《たく》みな連係《れんけい》プレーでたがいをサポート

「子育ての要諦《ようてい》は夫婦の巧《たく》みな連係プレーにあるといえよう」（「民衆の旗」）

会長就任以来、激務《げきむ》がつづき、子どもたちと接する時間がほとんどなくなってしまった伸一。だが、夫人の峯子《みねこ》が「伸一と子どもたちとの、交流の中継基地《ちゅうけいきち》ともいうべき役割を担《にな》っていった」。

峯子は夫のスケジュールをすべて把握《はあく》し、子どもたちに父親が「今、どこで何をしているか、また、それはなんのためであり、どんな思いでい

子どもとの約束は必ず守る

「山本伸一《やまもとしんいち》が父親として常に心がけていたことは、子どもたちとの約束は、必ず守るということだった」(「民衆の旗」)

会長として多忙《たぼう》を極《きわ》めるなかでも、子どもたちとの食事の約束などは懸命《けんめい》に守ろうとする伸一。その姿が、父子の信頼《しんらい》の絆《きずな》を強めていく。

ある教育評論家は、〝親たるもの、子どもとの約束は、石にかじりついてでも守るべきであり、もし守れなかった場合、子どもに素直にあやまるべきだ〟と述《の》べている。

「民衆の旗」には、「子どもは親の所有物ではなく、小さくとも〝対等な人格《じんかく》〟である」との一文もある。対等な人格として接するからこそ、子ども相手の約束だからといって軽んじない。その真摯《しんし》な姿勢《しせい》を、子どもの側も感じ取るのだ。

るのか」を語って聞かせた。

一方、日々東奔西走《とうほんせいそう》する伸一と連絡《れんらく》をとるときには、「子どもたちの様子《ようす》を詳細《しょうさい》に報告」した。ときには、夫が子どもたちに約束したプレゼントを、峯子がかわりに用意しておくこともあった。

伸一も多忙《たぼう》ななか、行く先々から一人ひとりに宛《あ》てて絵葉書を送るなど、子どもたちと心の交流ができるようにと配慮《はいりょ》した。「直接、言葉を交わす機会は少なくとも、工《く》夫《ふう》次第《しだい》で心の対話を交《か》わすことはできる」のだ。

［参考資料］『「やればできる！」の研究』(キャロル・S・ドゥエック著)草思社

Column

美しい心が美しい歌を生む

女子部合唱団《がっしょうだん》

「民衆の旗」では、女子部総会で合唱団が歌を披露《ひろう》する様子《ようす》が描《えか》かれる。女子部合唱団の、原点を振《ふ》り返る。

合唱団は一人ひとりが心を磨《みが》く場

創価学会の文化運動の一翼《いちよく》を担《にな》う合唱団。それは音楽隊や鼓笛隊《こてきたい》と同様、池田SGI会長が手塩《てしお》にかけて育ててきたものだった。

いまや全国各県・各部で数多くの合唱団が結成されているが、そのうち女子部合唱団は、1957（昭和32）年8月の北海道指導の折、戸田《とだ》二代会長から若き日の池田会長に「青年部に合唱団をつくったらどうかね……」との提案《ていあん》があったことが淵源《えんげん》となっている。そして、その翌《よく》年《ねん》の10月6日、待望《たいぼう》の女子部合唱団は結成された。

結成当時の女子部合唱団に対して、池田会長は次のようなメッセージを贈《おく》った。

「合唱団の活動を通じて、幸せになってください」（結成式で）

「〝富士のように気高《けだか》く〟そして〝曠《こう》野《や》の如《ごと》く限りなく〟広布《こうふ》の道を進みなさい」（昭和33年、練習会場に激励《げきれい》に駆《か》けつけての指導）

永遠の指針《ししん》となったこれらのメッセージが示すとおり、女子部合唱団は、たんに合唱の技術を磨くためにあるのではない。人びとに希望を贈る歌を歌うことを通じて、一人ひとりが心を磨き、「広布の道」を朗《ほが》らかに進んでいくための場なのだ。

首都圏《しゅとけん》の女子部メンバーからなる現在の「富士合唱団」は、女子部合唱団を直接の前身としている。

合唱団が、「山本伸一作」の学会歌を歌うときには、「池田先生がどのような思いでこの歌を作られたのか」を、練習に先立って皆《みな》でディスカッションすることもあるという。「先生の思いを深めるなかで、先生の心を自分の心として歌っていけるように」と……。

歌にこめられた池田会長の「思い」は、もとより一つではあるまい。ただ、そのうちの一つは、〝直接対話することができない多くの同志を、歌によって鼓舞《こぶ》したい〟との思いではないか。

〝人を励ます〟ということは、じつは難事《なんじ》である。励ますためには、相手を包容《ほうよう》する強さと優《やさ》しさを兼備《けんび》しなければならないからだ。

数えきれないほどの人を励ましつづけてきた池田会長が、歌にこめた「思い」。そこに少しでも迫《せま》ろうと、合唱団員たちは学び、行動する。そのくり返しを通じて歌声を磨《みが》いていくなかで、一人ひとりの心も磨かれ、その歌声が、聞いている人の心に励ましを送り、希望を湧《わ》き立たせていくのだ。

池田会長は折にふれ、富士合唱団の歌声に耳を傾《かたむ》けてきた。そして、その歌声に対してときには称賛《しょうさん》を贈り、ときには厳《きび》しい指導をした。

『新・人間革命』第2巻「勇舞《ゆうまい》」の章にも、女子部合唱団のもう一つの原点とも言うべき場面が描《えが》かれている。

それは、山本伸一にひと目会いたいと駆《か》けつけた7人の女子部員を、のちの初代団長が、「人生の並木路《なみきみち》」と「赤とんぼ」を、朗々《ろうろう》と歌い聴《き》かせることで激励《げきれい》する場面である。

「同志を思う心が織《お》り成《な》す、ほのぼのとした調べが、乙女たちの胸《むね》に、希望を燃え上がらせていった」(「勇舞」の章)

まさに女子部合唱団は、半世紀以上にわたって、清らかな歌声で人びとの胸に希望を燃え上がらせつづけてきたのだった。

『新·人間革命』

第3巻

仏法西還の章
月氏の章
仏陀の章
平和の光の章

仏《ぶっ》法《ぽう》西《せい》還《かん》&月《がっ》氏《し》の章

「仏法西還」を創価学会が実現！

かつて西から東へと伝わった仏《ぶっ》法《ぽう》が、末《まっ》法《ぽう》には日本から西へと還《かえ》ると、日《にち》蓮《れん》大《だい》聖《しょう》人《にん》は断《だん》言《げん》されている。この「仏法西還」を、創価学会が成し遂《と》げた意義とは？

交流の積み重ねが発展の源

「仏法西還」の章は、山本伸一のアジア歴《れき》訪《ほう》の旅への深い決意で幕を開ける。

その旅は、「月氏」の章で詳《しょう》述《じゅつ》されるとおり、釈《しゃく》尊《そん》成《じょう》道《どう》の地であるインドのブッダガヤへの御《ご》書《しょ》の「三大秘《ひ》法《ほう》抄《しょう》」などの埋《まい》納《のう》を目的の一つとしていた。それは、「仏法西還」実現への本格的な第一歩でもあった。

「仏法西還」とは、釈尊の仏法がインドから東へと流《る》布《ふ》した（仏教東《とう》漸《ぜん》）のに対し、日蓮大聖人の仏法が東《とう》端《たん》の日本から西へと還り、広まっていくことを言う。

インド・ブッタガヤに埋納する品々
「東洋広布」が刻まれた石碑や願文、勤行要典

大聖人が「顕仏未来記《けんぶつみらいき》」に記したことの原理は、創価学会によって、なかんずく池田SGI会長によって現実となった。

「月氏」の章に描《えが》かれた1961年の初訪問のころ、インドには一人の学会員もいなかった。しかしいまや、インド創価学会のメンバーは20万人以上へと広がり、うち5割以上が青年・未来部員である。

池田会長は、これまでに5度にわたってインドに滞在している。そして、大統領や首相などの指導者層から民衆に至《いた》るまで、たくさんのインドの人びとと深く対話を続けてきた。その広範《こうはん》な交流の積み重ねが、インド創価学会の発展の源《みなもと》となったのである。

インドでは、中世の仏教弾圧《だんあつ》で壊滅《かいめつ》的打撃《てきだげき》を受けた歴史を経《へ》て、仏教がすっかり衰退《すいたい》してしまっていた。

大聖人の仏法のインドへの「西還」は、民衆を救う力を失っていた仏教を新たに蘇生《そせい》させることにほかならなかった。

そして、「仏法西還」とは、たんに日蓮仏法がインドに広まることを指すのではなく、世界広宣流布《こうせんるふ》の異名《いみょう》にほかならない。その意味でも、世界192か国・地域へと広がったSGIこそが、「仏法西還」を成し遂《と》げたと言える。

インドの碩学《せきがく》ロケッシュ・チャンドラ博士は語っている。

「今、池田先生によって、仏教は世界へ広がり、人類を啓発《けいはつ》しています。先生によって、『法華経《ほけきょう》』が日本から世界に広まったのです！」※1

また、「中国の国学大師」と評される中国学の泰斗《たいと》・饒宗頤《じょうそうい》博士も、次のように池田会長を讃《たた》えている。

「池田先生が法華経の本義に則《のっと》り、慈《じ》悲《ひ》の精神を宣揚《せんよう》し、これを世界に広め、人材を育てていらっしゃること——そこから学ぶ者は『火宅《かたく》も清涼《せいりょう》となる』の感を抱《いだ》き、『暗闇《くらやみ》も暁《あかつき》となる』という目覚めの讃嘆《さんたん》を叫《さけ》ばざるを得ないのです」※2

「雲の井に　月こそ見んと　願いてし
アジアの民に　日《ひかり》をぞ送らん」

「仏法西還」の章でも紹介《しょうかい》されるこの和歌は、戸田城聖《とだじょうせい》が1956年の年頭に詠《よ》んだもの。「月」とは釈尊の仏法、「日《ひかり》」とは大聖人の仏法を指す。「仏法西還」の原理をふまえた東洋広布《こうふ》への決意を表現した歌である。

池田会長は、この師の決意を我が決意とし、命がけの闘《たたか》いを続けてきた。SGIによる「仏法西還」も、創価三代の会長の師弟不二《していふに》の闘争《とうそう》があったからこそ実現したのである。

Column

小説『人間革命』に見る
戸田城聖の 東洋広布への思い

戸田城聖（創価学会第2代会長）の遺言《ゆいごん》であった
〝仏法西還《ぶっぽうせいかん》〟の旅に出る山本伸一。
「いざ往《ゆ》かん　月氏《がっし》の果《はて》まで　妙法《みょうほう》を　拡《ひろ》むる旅に　心勇《こころいさ》みて」と、
アジアの人びとの幸福を願い、東洋広布《こうふ》を誓《ちか》った戸田の思いは
『人間革命』の随所《ずいしょ》に描《えが》かれている。

厚田村《あつたむら》にて

◉伸一を伴《ともな》って厚田村を訪れた戸田は、
夕日に染まる海を見ながら伸一に語る。
「この海の向こうには、大陸が広がっている。世界は広い。
そこには、苦悩《くのう》にあえぐ民衆がいる。
いまだ戦火に怯《おび》える子どもたちもいる。東洋に、そして、世界に、
妙法《みょうほう》の灯《ひ》をともしていくんだ。この私に代わって……」

◆第12巻「涼風」（1954年8月）

道路博士と

◉総本山へ向かう列車の中、〝道路博士〟と出会った戸田は、
「日本だけが世界ではありませんよ。
どうせなら、もう一歩広く構想し、朝鮮《ちょうせん》半島から、中国、
インドまで行く道路を考えてみたらどうですか」と提案《ていあん》する。
「私は、仏法というものを、東洋、そして、世界へと弘め、
人間の心の道を開いていこうと思っておるのです」

◆第12巻「憂愁」（1957年11月9日）

後事《こうじ》を託《たく》して

◉3月16日、広宣流布の模擬試験の記念式典を終え、坊《ぼう》へ戻《もど》る車駕《しゃが》の上で、戸田は心の中で牧口に語りかける。静かに目を閉じた戸田の口元にはほのかな微笑《びしょう》が浮《う》かんでいた。

「後事の一切を、わが愛弟子《まなでし》に託しました。先生の御遺志《ごいし》は、青年たちの胸《むね》のなかで、真《ま》っ赤《か》な血潮《ちしお》となって脈打《みゃくう》っております。妙法広布《みょうほうこうふ》の松明《たいまつ》が、東洋へ、世界へと、燃え広がる日も、もはや、遠くはございません」

◆第12巻「後継」（1958年3月16日）

支部長会にて、広宣流布《こうせんるふ》の未来図を語る

◉「朝鮮《ちょうせん》半島の動乱《どうらん》ひとつを見てもいい。世界の現状に目を開いてもらいたい。明日の日も知らぬ東洋の民族、いや世界の人類に、光明《こうみょう》を与《あた》える力は、いったい何か。日蓮大聖人の御慈悲《ごじひ》を被《こうむ》らせるほかに、何ものもない。すなわち広宣流布以外に、断じて手はない」

◆第5巻「烈日」（1951年3月28日）

男子部結成式の祝辞《しゅくじ》で

◉戸田は「われわれの目的は、日本一国《いっこく》を目標とするような小さなものではなく、日蓮大聖人は、朝鮮半島、中国、インド、そして全世界の果《は》てまで、この大白法《だいびゃくほう》を伝えよ、との御命令であります」と語る。そして、「次の会長たるべき方」へ深々と頭を下げるのであった。

◆第5巻「随喜」（1951年7月11日）

東洋広布は創価学会の誓願

◉会長就任式《しゅうにんしき》の年を締《し》めくくる総会での講演《こうえん》「創価学会の大誓願」のなかで、東洋への広宣流布を挙《あ》げる。「顕仏未来記《けんぶつみらいき》」を拝《はい》し、「もしも、この南無妙法蓮華経が東洋へ行かずば、日蓮大聖人様の仰《おお》せは妄語《もうご》となり、大聖人様の仏法は虚妄《こもう》となるのであります。大聖人様の御予言を果たす仏弟子《ぶつでし》として、東洋への広宣流布を誓《ちか》う」と語る。

◆第5巻「前三後一」（1951年11月4日）

Column

仏教東漸と鳩摩羅什の貢献

仏教東漸を担《にな》った最重要人物として、『法華経《ほけきょう》』を漢訳《かんやく》し、大乗《だいじょう》仏教の真髄《しんずい》を中国へと伝えた鳩摩羅什《くまらじゅう》（344～413、350～409など諸説あり）が挙げられる。

羅什は、古代・西域《せいいき》の亀茲国《きじこく》に生まれた。9歳《さい》で母に連れられてインドに留学してアビダルマ（部派仏教の教学）を修《おさ》め、神童《しんどう》ぶりを発揮《はっき》。また、12歳のときには1年間疏勒国《そろくこく》（現カシュガル）で修行《しゅぎょう》し、そこで師事《しじ》したスーリヤソーマ（須利耶蘇摩《すりやそま》）から大乗仏教を学ぶ。

大乗に開眼《かいがん》した羅什は、「私がかつて部派仏教（小乗《しょうじょう》仏教）を素晴らしいと思って学んでいたのは、黄金《おうごん》を知らぬ者が銅《どう》をいちばん素晴らしいと思い込《こ》んでいるようなものであった」という意味の言葉を述べている（『出三蔵記集《しゅつさんぞうきしゅう》』）。

「法華翻経後記《ほっけほんぎょうこうき》」によれば、師スーリヤソーマは羅什に、「『法華経』を東北へと伝え広めなさい」と命じたとされる。以後の羅什は、師から託《たく》されたその使命をつねに心に置いて生きた。

30代からの18年間を囚《とら》われの身として中国で暮らすなど、羅什の生涯《しょうがい》は苦難《くなん》に満ちていた。ただし、その18年間で中国の言語や文化、哲学《てつがく》を広く学んだことが、結果的にはのちに『法華経』『大智度論《だいちどろん》』などの見事な漢訳《かんやく》に活《い》かされていく。仏教への深い造詣《ぞうけい》にくわえ、「外道《げどう》」とされた仏典以外の学問までも修《おさ》めていたからこそ、一般《いっぱん》社会の知識人にも

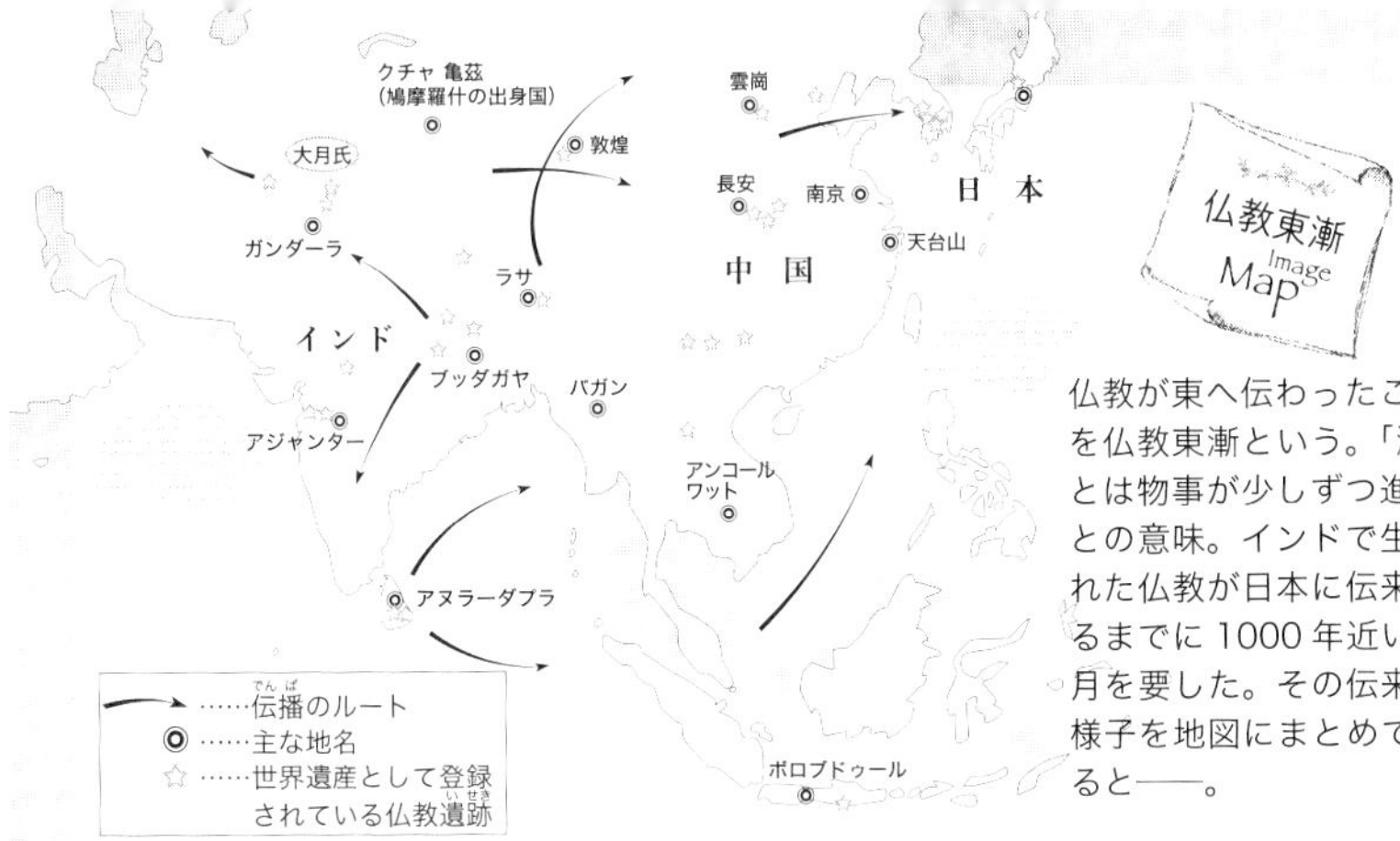

仏教が東へ伝わったことを仏教東漸という。「漸」とは物事が少しずつ進むとの意味。インドで生まれた仏教が日本に伝来するまでに1000年近い年月を要した。その伝来の様子を地図にまとめてみると——。

理解できる名訳が成し遂《と》げられたのだ。

　正しい仏法を世に広めたい、との一心で研鑽《けんさん》を続けていったとき、羅什《らじゅう》が直面した苦難《くなん》は、すべて意義あるものに転じていったのである。

　羅什以前にも、『法華経』の全文漢訳は存在した。西《せい》晋《しん》の訳経僧《やくきょうそう》・竺法護《じくほうご》による『正法華経《しょうほけきょう》』（286年訳）である。ただし、この最古の全訳は直訳的で難解《なんかい》な部分が多く、羅什訳のほうが広く読まれた。羅什によって初めて、大乗仏教の精髄《せいずい》は正しく中国に広まったのである。

　そして、6世紀には天台大師智顗《てんだいだいしちぎ》（538〜597）が現れ、「天台三大部」などによって『法華経』を哲学的《てつがくてき》に解明、体系化。その教えは中国のみならず、日本など東アジアの仏教界に大きな影響《えいきょう》を与《あた》えた。

　天台の教えは、遣唐使船《けんとうしせん》で中国に渡《わた》った伝教大師最澄《でんきょうだいしさいちょう》（767〜822）によって受け継《つ》がれ、日本に『法華経』が正しく広められていく。

　最澄が生きた平安時代は、日本文化に『法華経』の影響が広く見られた時代である。かの『源氏物語《げんじものがたり》』も、「天台法華《てんだいほっけ》、つまり法華経の影響性が根幹《こんかん》をなしている」※3と見られている。

Column

仏教弘《ぐ》通《つう》の苦難の歴史

「月氏《がっし》」の章で、山本伸一たちは、仏教弘通のために命がけで闘《たたか》った中国の僧《そう》たちに思いを馳《は》せる。

「昔、中国の僧たちは、仏法を求めて、山を越《こ》え、谷を渡って、馬や徒歩でインドまで旅したじゃないか。それを思えば、なんでもない」（「月氏」）

インドへ向かう旅の途《と》中《ちゅう》、飛行機の予約トラブルから立ち往《おう》生《じょう》してしまった一行を、伸一はそう励《はげ》ます。では、仏教が東方へと流《る》布《ふ》するまでに、中国の僧たちはどのような困難に遭《そう》遇《ぐう》したのだろう？

中国から天《てん》竺《じく》（インド）へ、仏法を求めて命がけの旅をした僧《そう》侶《りょ》（入《にゅう》竺《じく》求《ぐ》法《ほう》僧《そう》）は、優《ゆう》に1000人を数えたと言われる。

そのうちの一人・法《ほっ》顕《けん》（339？～420？）は、タクラマカン砂《さ》漠《ばく》を越《こ》える過《か》酷《こく》なルートでインドに向かった。出発したのは、当時としては高《こう》齢《れい》の60歳《さい》のときであった。旅の途中では盗《とう》賊《ぞく》に襲《おそ》われた。そして、いっしょに出発した11人の仲間のうち、仏典を収集して中国に帰国したのは法顕のみ。ほかの10人は途中で亡くなるか、そのままインドに留まったという。

『西《さい》遊《ゆう》記《き》』の「三蔵法師」のモデルとして知られる玄《げん》奘《じょう》三《さん》蔵《ぞう》（602～664）の旅も、苦難に満ちていた。暮らしていた唐《とう》から許可が下りなかったため、旅自体が国禁《こっきん》を犯しての密出国であった。また、インドに達するまでにはカラコルム山脈などの難所を越えねばならず、その点でも命がけだった。

　中国唐代《とうだい》の僧・鑑真《がんじん》（688〜763）は、我が国に天台の「天台三大部」をもたらしたが、それまでに5度にわたって渡航《とこう》に失敗し、眼病《がんびょう》で失明もしてしまった。6度目の挑戦《ちょうせん》でついに渡日《とにち》を果たすまでには、10年の歳月《さいげつ》を要した。

　そして、鑑真が日本にもたらした「天台三大部」を、最澄（伝教大師）は比叡山《ひえいざん》で学んだ。そこから、最澄は天台宗の思想に傾倒《けいとう》していき、のちに日本の天台法華宗を開くのである。

「法自《みずか》ら弘《ひろ》まらず人・法を弘むる故に人法《にんぼう》ともに尊し」（「百六箇《ひゃくろっか》抄《しょう》」）と、日蓮大聖人は言われた。はるかインドから中国へ、そして日本へと仏法が広まったのも、多くの人びとが、自ら主体的に法を求める強い一念で闘ったからこそなのだ。

【出典】※1『東洋の哲学を語る』※2『文化と芸術の旅路』 ※3『池田大作全集』第16巻（『古典を語る』の「『源氏物語』と法華経」より

【参考文献】『ガイドブック 法華経展——平和と共生のメッセージ——』東洋哲学研究所

Column

東洋広布への第一歩

香港

歴史

戦争に負けて イギリスの植民地に

◉アヘン戦争（1840〜42年）で香港島が、アロー戦争（1856〜60年）で九竜半島の先端が、最終的に1898年に香港地域拡張に関する条約によって、新界地区を含むエリアが99年間イギリスに租借されることになった。以後、1997年に返還されるまで英領となる。

中国革命淵源の地

◉香港は、清朝を倒し中華民国を成立させた辛亥《しんがい》革命の拠点でもある。香港で学び医師の資格を得た孫文《そんぶん》は「どこで革命を習ったかといえば私は香港でと答える」[※1]と語っている。

日本軍による占領

◉太平洋戦争（1941〜45年）が始まると同時に、日本軍は香港の攻略《こうりゃく》を開始。イギリス軍の抵抗《ていこう》が終わった12月25日を香港では、ブラック・クリスマス（黒色生誕節《こくしょくせいたんせつ》）と呼ぶ。香港を占領《せんりょう》した日本軍は、ビクトリアピークを香ケ峰《ヒョーンフォン》、クィーンズロードを明治通《メンジートン》りと呼び名を変え、皇土《こうど》化《か》を進めた。香港自体も香島《ヒョーンドウ》と改められ、住民は強制的に退去させられた。無人島（螺洲《らしゅう》島など）に強制疎開《そかい》させられ飢《う》え死《じ》にした者や、海南《かいなん》島《とう》に鉱山《こうざん》労働者として強制連行された者もいた。

東洋広布の旅の第一歩を印《しる》した香港《ホンコン》。
「ここから幸と平和をアジアへ」と、山本伸一が願った
当時の香港の様子《ようす》は？

香港の夜景とフェリー

伸一が訪れた当時は？

◉大丸百貨店が1960年に進出するなど、日本との結びつきも強くなっていた香港。当時、中国本土では大躍進政策《だいやくしんせいさく》という農業、工業の増産計画が進んでいたが、これが多数の餓死者《がししゃ》を出すまでに大失敗。1962年、香港には「難民潮《ナンミンチャオ》」と言われるほど大量の難民が押し寄せた。

流行したホンコンフラワー

◉プラスチック製の造花をホンコン

Column

東洋広布への第一歩
香港

フラワーと呼ぶ。この名に、懐《なつ》かしさを覚える人もいるのでは。枯《か》れることなく、活《い》け替える手間もない、汚《よご》れたら水洗いできる便利さから一世を風靡《ふうび》した。小さな工場から始まった製造会社は、このヒットのおかげで一大財閥《ざいばつ》となった。このホンコンフラワーが日本に入って来たのが、伸一が香港を訪れたころだった。

暗殺をまぬかれた周恩来《しゅうおんらい》

◉1955年にインドネシアのバンドンで開かれた第1回アジア・アフリカ会議は、平和十原則を宣言し、東西冷戦のなかに植民地から独立した諸国が「第三世界」として国際政治の舞台《ぶたい》へ登場するきっかけとなった。インドのネルー首相とともに会議の中心となったのが周恩来首相だ。彼《かれ》が乗るはずだった香港からインドネシアへ向かうインド国際航空《こうくう》のチャーター機が、ボルネオ島沖《おき》で爆発《ばくはつ》を起こし墜落《ついらく》するという事件が起きる（カシミール・プリンセス号事件）。香港も国際政治の厳しい対立の中にあった。

香港と難民

◉伸一は、発展の槌音《つちおと》響《ひび》くビル建設の陰《かげ》で、密集する小屋で暮らす難民の姿を見かけ、幸せを祈《いの》る。

当時香港の人口は291万人、日本軍占領下《せんりょうか》で160万と言われたころから大きく人口を増やしていた。戦後の中国本土の国民党・共産党の内戦を逃《のが》れた人たち、中華人民共和国成立後は国民党側の人びとが押し寄せた。国民党支持者が逃れてきた難民キャンプから発展した調景嶺《ちょうけいれい》では、青天《せいてん》白日旗《はくじつき》が飾《かざ》られ、住民は広東語《カントンご》ではなく北京語《ペキンご》で話したという。

その後、中国本土だけでなく、ベトナム戦争が生んだボートピープルも香港へと逃れてきた。難民の安価な労働力が、香港を中継《ちゅうけい》貿易地から加工貿易の拠点《きょてん》へと経済構造を転換《てんかん》する原動力となった。

香港流あいさつ

● 「仏法西還《ぶっぽうせいかん》」の章で、伸一と語り合った子どもが、香港で使われている広東語では、「**ご飯を食べましたか（セジョーファンメイア）？**」と聞くことがあいさつになっていると語る。このあいさつには、相手が元気いっぱいご飯を食べているか、3度の食を欠くほど困窮《こんきゅう》していないかと、健康状態から経済状況《じょうきょう》までを気《き》遣《づか》う心が込《こ》められている。返答は「**食べたよ、ありがとう（セッジョーラ、ンゴイシン）**」「**まだだよ（ヂョンメイ）**」。

【出典】※1『観光コースでない香港』

【参考文献】『香港歴史漫遊記』（内藤陽介）大修館書店／『新香港1000事典』（小柳淳 編）メイプルプレイス／「ことばは楽しい 13」（佐保暢子）国際文化フォーラム通信no.51

「月氏」の章で紹介《しょうかい》されるアショーカ王は、仏教に帰依《きえ》し、慈悲《じひ》と寛容《かんよう》の善政を敷《し》いた古代インドの賢王《けんおう》である。その人物とは――。

戦争の惨禍《さんか》を目《ま》の当たりにして改心

古代において仏教流布《るふ》に大きな貢献《こうけん》をしたのが、紀元前3世紀に全インド亜大陸《あたいりく》を統一し、仏教を手厚く保護したアショーカ王（在位：前268年ごろ〜前232年ごろ）だ。

アショーカ王は、チャンドラグプタが開いた帝国《ていこく》「マウリヤ朝《ちょう》」の、第3代王である。彼《かれ》は一時期まで、並ぶものがないほど残酷《ざんこく》で横暴《おうぼう》な専制君主《せんせいくんしゅ》であった。人びとから「暗黒のアショーカ」と呼ばれ、恐《おそ》れられていたという。

そんなアショーカ王の転機となったのが、在位8年ごろの「カリンガ戦争」。マウリヤ朝が、カリンガ国を征服《せいふく》するために起こした戦争であった。延べ10万人を超《こ》す人びとが死んだ凄惨《せいさん》な戦

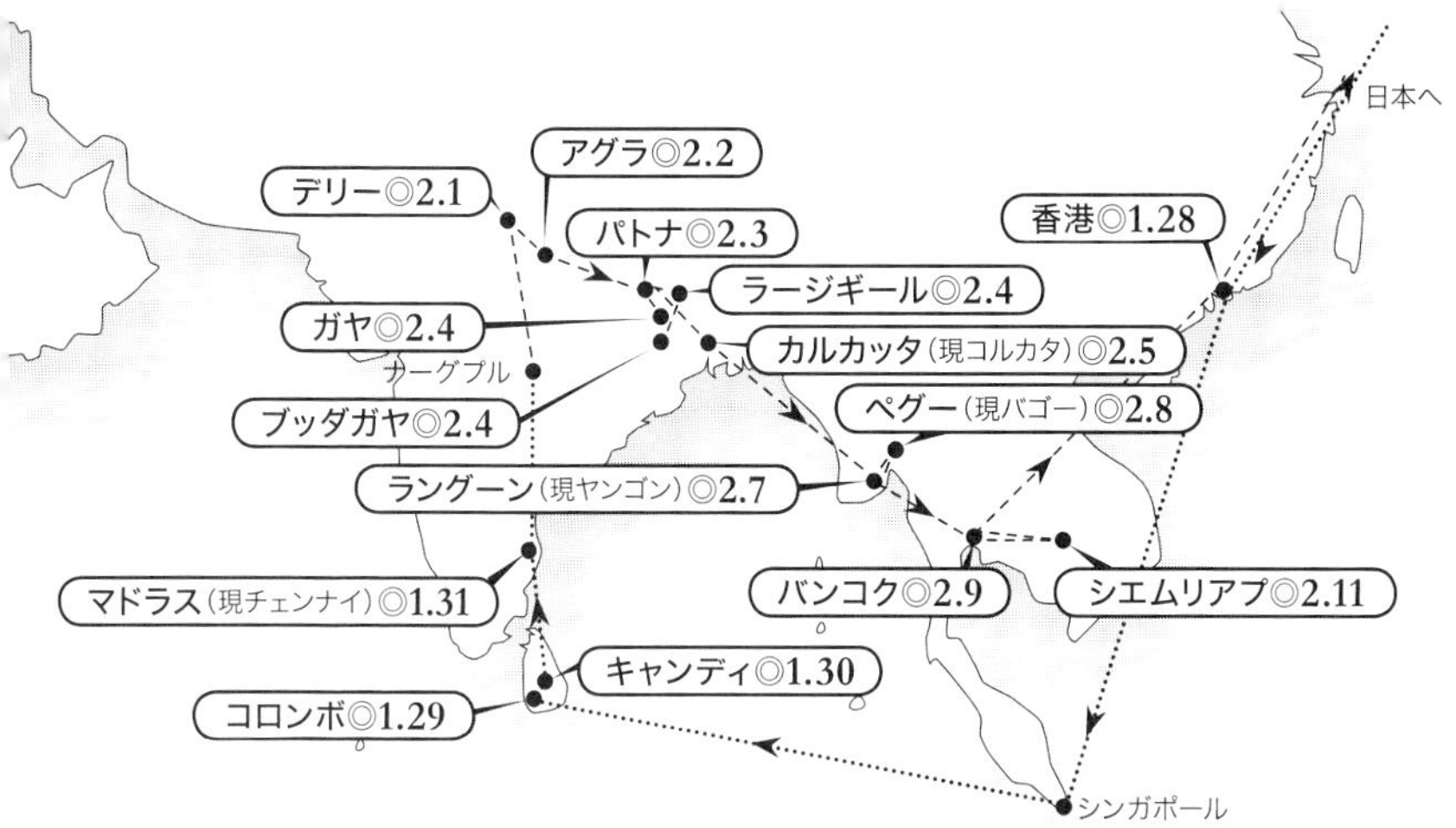

山本伸一の平和旅

1961.1.28-2.14

〈5か国1地域〉

※日付（現地時間）は初訪問の日

いであり、主戦場となった川の下流は、人の血で真《ま》っ赤《か》に染まったと言われる。

戦いはマウリヤ朝の勝利に終わり、翌日、アショーカ王はカリンガの市内を見て回った。そのとき眼前に広がっていたのは、家という家が焼き尽《つ》くされ、一面に人の遺体と馬の死骸《しがい》が転がる地獄《じごく》絵図であった。王はあまりの悲惨さに衝撃《しょうげき》を受け、「私はなんということをしてしまったのだ……」と声を上げて泣いたという。

この日を機に、アショーカ王は深く改心。仏教の生命尊重の教えに基づいた政治を行っていった。

慈悲と寛容に満ちた善政の数々

たとえば、捕虜《ほりょ》は解放し、没収《ぼっしゅう》した土地は元の所有者に返した。仏教の「アヒンサー（不殺生《ふせっしょう》）」の教えが領土の全域で守られ、不要な殺生は禁じられた。動物愛護にも熱心に取り組み、娯《ご》楽《らく》としての狩猟《しゅりょう》や動物に焼き印を押《お》すことも禁じられたという。また、アショーカ王はインド全域に、旅人や巡礼《じゅんれい》者《しゃ》のための宿泊所《しゅくはくじょ》、民衆のための学校、病院、さらには動物病院まで整備した。

残虐《ざんぎゃく》な暴君《ぼうくん》であったアショーカ王が慈悲の善政を敷く賢王となったことは、「仏教によって人は変われる」こと、ひいては仏教が平和宗教である何よりの証左《しょうさ》と言える。

王はたぐいまれな仏教の保護者となり、多数の仏塔《ぶっとう》を建立《こんりゅう》した。また、仏教の教えにのっとった勅令《ちょくれい》を、各地に建てた石碑《せきひ》などに刻ませた（法勅碑《ほうちょくひ》文《ぶん》）。さらに、仏教の教えを他国にも広めるため、ビルマ（現ミャンマー）やセイロン（現スリランカ）、ギリシャ、レバノン、エジプトにまで使節を送ったという。ただし、アショーカ王は仏教以外の他宗教に対しても寛容な姿勢で臨《のぞ》み、異教徒を疎外《そがい》したりはしなかった。その点においても、時代に先駆《さきが》けた賢王と言える。

【参考文献】『図説　インド歴史散歩』河出書房新社　『137億年の物語』（クリストファー・ロイド 著）文藝春秋　『ガイドブック法華経展――平和と共生のメッセージ』東洋哲学研究所

Column

セイロンの賠償《ばいしょう》放棄《ほうき》
当時の日本の報道は？

「怨《うら》みをすててこそ息《や》む」——
釈尊《しゃくそん》の言葉を引いた演説で日本への賠償請求権《せいきゅうけん》を放棄したセイロン。
伸一《しんいち》は、その恩義《おんぎ》に思いを馳《は》せる。
では、演説が行われた折の状況はどうだったのだろうか。

日本が独立国として国際社会に復帰を果たすことになった、サンフランシスコ講和会議。

莫大《ばくだい》な損害賠償の義務をそのまま負わされれば、日本経済の復興は難しい。賠償の行方《ゆくえ》は、講和会議の報道の大きな関心事となっていた。しかし、その関心は、インドネシアやフィリピン、オランダといった大きな被害《ひがい》を与《あた》えた国の意向に向けられていた。

セイロン（現スリランカ）代表の演説は、サンフランシスコ講和会議の3日目。この日は20の国の代表が演説。セイロン代表として演台に登ったのは、ジャヤワルデネ全権代表。後にスリランカ大統領となる彼《かれ》は、当時、蔵相の立場で会議に参加していた。演説を聞き、吉田茂首相は涙《なみだ》したという。しかし、当時の新聞報道では大きく取り上げられず、広く国民に知れわたることはなかった。

Column

月氏とは？

章名となっている月氏とは、仏教では「がっし」と読む習わしだが、歴史学では「げっし」と呼ぶ。北アジアに存在した騎馬《きば》民族国家だ。

中国の歴史書『史記《しき》』の「匈奴《きょうど》伝《でん》」には、「東胡《とうこ》強く、そして月氏盛んなり」と往時の隆盛《りゅうせい》が記録されている。しかし、その月氏は匈奴との戦争に敗れ、月氏王は殺されてしまう。敦煌《とんこう》付近にいた月氏は西へと逃《のが》れ大月氏、近くにとどまった一部が小月氏と二つに分かれた。

西に逃れた大月氏は、インドの北東・バクトリア（大夏《たいか》）にいたギリシャ系の国を征服《せいふく》した。匈奴に悩《なや》まされていた漢《かん》の武帝《ぶてい》は、大月氏に匈奴の挟撃《きょうげき》をもちかけるため、張騫《ちょうけん》を西域《せいいき》へと派遣《はけん》する。張騫は途中《とちゅう》、匈奴に囚《とら》われたりしながら大月氏のもとに到着《とうちゃく》するが、すでに大月氏は匈奴への報復《ほうふく》の気持ちを失っていた。13年の大冒険《だいぼうけん》を経《へ》て漢に戻《もど》った張騫のもたらした西域の知見《ちけん》が、シルクロードの東西交流を盛んにするきっかけとなった。

その後、この地に中央アジアからインドにまたがるクシャン朝《ちょう》が築かれた。この王朝も中国から大月氏と呼ばれた。クシャン朝のカニシカ王は、アショーカ王とならび、仏法を護《まも》った賢王《けんおう》として知られる。ここでガンダーラ仏教美術が花咲《はなさ》き、シルクロードを通って大乗《だいじょう》仏教は中国、朝鮮《ちょうせん》半島、日本へと伝わった。

月氏の変遷

【参考文献】『大月氏』(小谷仲男 著)東方書店/『シルクロードを拓く:漢とユーラシア世界』(なら・シルクロード博記念国際交流財団、シルクロード学研究センター 編)

「偉《い》大《だい》なる魂《たましい》（マハトマ）」――ガンジーの偉大さとは？

「月氏」の章で、かなりの紙数を割《さ》いて語られるマハトマ・ガンジーは、どのような点が偉大であったのだろうか？

民衆の心のありようを根底から変えた

ガンジーは「インド独立の父」と呼ばれる。大《だい》英《えい》帝《てい》国《こく》の植民地であったインドの独立（１９４７年）は、民衆を指導したガンジーがいなければ、ずっと後になったであろう。だが、「独立の父」として尊敬される人物は、かつて植民地だった国の数だけいると言ってもよい。その中にあってガンジーが突《とっ》出《しゅつ》しているのは、武力闘《とう》争《そう》によらず、非《ひ》暴力《ぼうりょく》闘争で独立を勝ち取ったからである。インドの民衆に、ガンジーの非暴力闘争の理念が浸《しん》透《とう》するまでには、長い年月が必要だった。民衆が非暴力に徹《てっ》しきれず、流血の暴動となってしまうことがくり返されたのだ。ガンジーはそのつど深く悲しみ、「贖罪《しょくざい》の断食《だんじき》」をしたり、闘争の中止を命じたりした。そうした曲折《きょくせつ》を経《へ》て、インドの民衆が初めて完全に非暴力をつらぬいたのが、「塩の行進」（1930年）であった。警官隊から棍棒《こんぼう》で殴《なぐ》られても、発砲《はっぽう》されても、行進に参加した人びとはいっさい抵抗《ていこう》しなかったのである。長く粘《ねば》り強い努力によって、ガンジーはインドの民衆に非暴力思想の真髄《しんずい》を理解させ、民衆の心のありようを根底《こんてい》から変えた。彼《かれ》らの心の中にあった暴力性を断《た》ち切ったのだ。それこそ、ガンジーが非暴力闘争によって成し遂《と》げた真の偉《い》業《ぎょう》であった。

命がけの断食による非暴力闘争

ガンジーは、自らの断食を非暴力闘争の武器として用いた。政府などに要求を受け入れさせるため、あるいはヒンドゥー対イスラムの宗教間闘争を終わらせるために、くり返し断食を行ったのだ。21日間に及《およ》ぶ究極《きゅうきょく》の断食さえ、生涯《しょうがい》に3度行っている。

政敵《せいてき》たちからは、ガンジーの断食は「政治的曲芸《きょくげい》」と揶揄《やゆ》された。しかし、死に至《いた》る可能性が高いほどの長い断食は、たんなるパフォーマンスで行えるようなものではない。ガンジーは命を賭《と》して、断食という〝内なる非暴力闘争〟を闘《たたか》い抜《ぬ》いたのだ。そして、ガンジーの断食は、自らの心に響《ひび》く「神の声」に従って行う宗教的行為《こうい》でもあった。

【参考文献】『母なるガンディー』（山折哲雄 著）潮出版社

年表でたどるガンジーの非暴力闘争《ひぼうりょくとうそう》

ガンジーの非暴力闘争は、ネルソン・マンデラなど、
後代の偉人《いじん》たちにも強い影響《えいきょう》を与《あた》えた。
彼《かれ》の闘争は、いまも世界に影響を与えている。

1869	●インド西部の港湾都市ポールバンダルで、藩王国《はんおうこく》の宰相《さいしょう》の子として生まれる。(10月2日)
1882	●13歳で、同い年のカストルバーイと結婚《けっこん》。
1888	●長男誕生。法律の勉強のため、イギリスへ渡《わた》る。
1891	●弁護士の資格を取ってインドに帰国。 初めての法廷《ほうてい》で緊張《きんちょう》のあまり、ひと言も話せなかった。
1893	●南アフリカに渡る。インド人に対する人種差別に 大きな衝撃《しょうげき》を受け、差別撤廃《てっぱい》のための運動を組織する。
1899	●南アフリカでボーア戦争が勃発《ぼっぱつ》。野戦病院隊を率いて従軍。
1908	●新アジア人登録法(暗黒法)の登録を拒《こば》み、初めて投獄《とうごく》される。 サーティヤグラハ(非暴力・不服従)運動をはじめる。
1914	●第一次世界大戦が勃発。南アフリカで「インド人救済法」が成立。 サーティヤグラハ運動が勝利を収める。
1915	●インドに帰国。アーシュラム(道場)をつくる。
1916	●ネルーと出会う。
1919	●インドで「ローラット法」が成立。抗議《こうぎ》集会に集まったインド人をイギリス軍が虐殺《ぎゃくさつ》する「アムリッツァルト虐殺事件」(シーク教の聖都で英兵により約400人が虐殺された)が起きる。
1921	●イギリス製綿布のボイコット運動をはじめる。チャルカ(手紬車《てつむぎぐるま》)が運動のシンボルに。
1930	●生活必需品《ひつじゅひん》である塩の税に抗議する「塩の行進」(3月12日〜4月6日まで、約380㎞にわたる行進)を挙行。
1931	●塩の生産許可、逮捕者《たいほしゃ》の釈放《しゃくほう》を決めた「アーウィン・ガンディー協定」が成立。
1939	●第二次世界大戦が勃発。
1944	●最後の入獄《にゅうごく》(生涯《しょうがい》を通じて、2338日獄中にあった)。
1947	●インド独立。インド・パキスタンの二国分割独立に反対し、 独立式典には参加せず、カルカッタ(現コルカタ)で断食を行う。
1948	●ヒンドゥー教過激派の青年によって暗殺される。78歳。(1月30日)

【参考文献】『世界の名著63巻 ガンジー／ネルー』中央公論社／『伝記 世界を変えた人々 ガンジー』偕成社

Column

「ガンジー、キング、イケダ展」

ガンジーとキング博士、
池田SGI会長の3人を顕彰《けんしょう》する
平和展示が、世界中に感動を広げている。
そこにこめられたメッセージとは？

アメリカ・インディアナ大学ノースウエスト校で
ガンジー・キング・イケダ――平和建設の遺産展

2001年にアメリカで始まった「ガンジー・キング・イケダ――平和建設の遺産展（以下、GKI展と略）」は、「インド独立の父」マハトマ・ガンジー、「公民権運動」の指導者マーチン・ルーサー・キング博士、そして池田SGI会長の三人を、非暴力平和思想を掲《かか》げた民衆運動の偉大《いだい》なリーダーとして紹介《しょうかい》する巡回展《じゅんかいてん》である。

展示を制作したのは、キング博士の母校・米モアハウス大学の「キング国際チャペル」。三人の幅広《はばひろ》い事績《じせき》を網羅《もうら》する貴重な写真や文献《ぶんけん》資料を通じて、その思想と行動に通底する「民衆中心の人間主義」「非暴力」の普遍的価値《ふへんてきかち》を浮《う》き彫《ぼ》りにした内容だ。

「ガンジー、キング、イケダ」の三人は、拠《よ》って立つ宗教や社会・文化的背景こそ異なるものの、民衆に勇気と希望を与《あた》え、民衆の力を糾合《きゅうごう》して社会変革の基盤《きばん》としていった点で、大きな共通項《きょうつうこう》をもっている。そして、池田会長は、仏法の叡智《えいち》で世界の人びとを結ぶことで、志半ばで暗殺されたガンジーとキングの「夢」を実現した、とも言えよう。

巡回が始まってから、いまやアメリカのみならず、中東、アジア、ヨーロッパ、南米と、世界各地でGKI展は開催《かいさい》され、来場者からの称賛《しょうさん》と共感を集めている。

魂《たましい》の火を受け継《つ》いで——池田SGI会長とインドの識者の交流史

ガンジー、ネルーといった指導者を生み出した精神の水脈《すいみゃく》。
「ガンジーの〝魂の火〟を永遠に消してはならぬ」と決意した
池田SGI会長の対話の軌《き》跡《せき》にも、現代世界を潤《うるお》す精神の豊かさがあふれている。

数多くの知友

政治家

1979 K.R.ナラヤナン大統領
1979 M.R.デサイ首相
1979 A.B.バジパイ外相
1985 ラジブ・ガンジー首相
(ネルー首相の孫)
1992 ベンカタラマン大統領
1992 ソニア・ガンジー
(ラジブ・ガンジー首相夫人)
1997 I.K.グジュラール首相

詩人

1979 クリシュナ・スリニバス
世界詩歌協会会長
1996 S.モハン
元最高裁判事

思想家・社会活動家など

1979 J.P.ナラヤン
思想指導者(マハトマ・ガンジーの高弟)
1992 ビシャンバル・ナーツ・パンディ
ガンジー記念館副議長(マハトマ・ガンジーの直弟子)
1992 タラ・バタチャリア
(マハトマ・ガンジーの孫娘)
1992 R.P.ミシュラ
非暴力デリー会議議長
1997 ハシム・アブドゥル・ハリム
国連協会世界連盟会長
2000 アマレンドゥ・グハ
非暴力と平和をめざすガンジー財団総裁

5回の滞在

1961.1〜2

1964.5

1979.2

1992.2

1997.10

2回の講演

1992.2.11

不戦世界をめざして
——ガンジー主義と現代

ガンジー記念館

1997.10.21

「ニューヒューマニズム」の世紀へ

ラジブ・ガンジー現代問題研究所

6冊の対談集

1988
『内なる世界　インドと日本』
対談者　カラン・シン

2002
『東洋の哲学を語る』
対談者　ロケッシュ・チャンドラ

2005
『インドの精神——仏教とヒンズー教』
対談者　ベッド・P・ナンダ

2006
『「緑の革命」と「心の革命」』
対談者　モンコンブ・S・スワミナサン

2009
『人道の世紀へ——ガンジーとインドの哲学を語る』
対談者　ニーラカンタ・ラダクリシュナン

2016
『新たな地球文明の詩を——タゴールと世界市民を語る』
対談者　バラティ・ムカジー

仏《ぶっ》陀《だ》の章

「仏陀――真理に目覚めた人」釈尊の生涯

「仏《ぶっ》陀《だ》」の章では、仏教の開祖・釈尊《しゃくそん》の生涯《しょうがい》がくわしくたどられる。ここではその生涯から、釈尊理解のポイントをピックアップしてみよう。

妻子を城に残しての出家《しゅっけ》

釈尊は、ヒマラヤの山裾《やますそ》のタラーイ盆地《ぼんち》（現在のネパール南端《なんたん》）に領土を構えていた「釈迦族《しゃかぞく》」の王子として生まれた。春・夏・冬それぞれの季節に過ごしやすい別邸《べってい》が与《あた》えられ、多くの付き人にかしずかれるなど、周囲から手厚く見守られて育ったという。

しかし、生後すぐに母親を亡くしていたこともあり、少年時代から、いつも心に満たされぬ渇《かわ》きを抱《かか》えていた。そこから哲学的《てつがくてき》な思索《しさく》を重ね、人間を老《ろう》・病《びょう》・死《し》の苦しみから救う解決の方《ほう》途《と》を探求《たんきゅう》するようになった。

釈尊は16歳（17歳説もあり）で后《きさき》を

菩提樹の下で思索する釈尊

めとり、息子《むすこ》の羅睺羅《らごら》（ラーフラ）をもうけた。しかし、その後も生老病死をめぐる苦悩《くのう》は晴れず、19歳（29歳説もあり）でついに出家を果たす。王子としての立場と何不自由ない暮らしと決別し、悟《さと》りを求める道を選んだのだ。

なお、息子の羅睺羅はのちに、釈尊に帰依《きえ》し、十大弟子《でし》の一人に数えられた。

菩提樹《ぼだいじゅ》の下での悟達《ごだつ》

釈尊が出家してから成道《じょうどう》（悟《さと》りを得て仏陀となること）するまでの年月には、諸説がある。19歳出家説をとれば、成道は30歳のときの出来事となる。そこに至るまでに、釈尊はまず、何年にもわたって徹底《てってい》した苦行《くぎょう》を続けた。死をも覚悟《かくご》した極限《きょくげん》の断食《だんじき》をしたり、呼吸を止めたり、茨《いばら》の上に伏《ふ》したり……。その様子は、苦行仲間たちが「彼《かれ》は必ず悟りを得るに違《ちが》いない」と確信したほど厳格《げんかく》なものであった。

しかし、どれだけ続けても、悟りどころか、何も得るものがなかった。

釈尊はある日、ついに苦行をやめた。そして、衰弱《すいじゃく》した体が回復すると、菩提樹の下に座って足を組み、静かに瞑想《めいそう》を始めた。

そして、そこでついに悟りを得て「仏陀《ぶつだ》」となったのである。

「仏陀」とは「真理に目覚めた人」の意。成道とは、超越的《ちょうえつてき》な「人間ではないもの」に変わることを指すのではない。

釈尊が得た「悟り」の内容については、「仏陀」の章に、簡《かん》にして要《よう》を得た描写《びょうしゃ》がある。

平等だった教団のありよう

悟達した釈尊《しゃくそん》は、まず最初に、苦行《くぎょう》を続けていた仲間5人に法を説《と》いた。彼らは当初、苦行を途中《とちゅう》でやめた釈尊を「脱落者《だつらくしゃ》」と見なして軽んじていた。

しかし、教えを聞くうちにその内容に

感銘《かんめい》を受け、5人とも釈尊に帰依《きえ》したのだった。

そこから、釈尊の弟子《でし》は少しずつ増えていった。合わせて1000人もの弟子を率《ひき》いていた宗教家との法論《ほうろん》に勝ち、その弟子たちが一気に釈尊に帰依したこともある。

釈尊のもとで修行《しゅぎょう》をした弟子は、最大でも2000人ほどだったと、各種史料から推察《すいさつ》されている。釈尊はその教団に、一切の差別をもうけなかった。当時、立場がきわめて低かった女性にも、男性と対等に修行できる機会を与《あた》えた。

カースト制度におけるシュードラ（奴隷階級《どれいかいきゅう》）や不可触民《ふかしょくみん》が弟子になることも拒《こば》まなかった。こうした平等性は、古代インド社会においては画期的《かっきてき》であった。

さまざまな難《なん》を乗り越《こ》えて

釈尊の弟子や、王、富裕《ふゆう》な商人などの帰依《きえ》も増え、広く民衆の尊敬を受けるようになると、その名声や集まる供《く》養《よう》を妬《ねた》む者も現れ、さまざまな攻撃《こうげき》・妨害《ぼうがい》も起こってきた。それらの中で代表的な九つの出来事を、「九横《くおう》の大難《だいなん》」と呼ぶ。

大難には、女が腹に鉢《はち》を入れて「釈

尊の子を身ごもった」とウソを触《ふ》れ回ったという、いまで言う「捏造《ねつぞう》スキャンダル」もある。

また、釈迦族の国が、宗主国《そうしゅこく》であるコーサラ国*の侵攻《しんこう》によって滅《ほろ》ぼされたことも、大難の一つに数えられている。

そして、釈尊に取って代わろうとする野望を抱《いだ》き、教団の分裂《ぶんれつ》を謀《はか》った提《だい》婆達多《ばだった》が起こした大難もあった。仏道修行者の集い（和合僧《わごうそう》）を破壊《はかい》しようとした提婆の所業《しょぎょう》は、仏法に説かれる「五逆罪《ごぎゃくざい》」のうち最も罪が重い「破和合僧」に当たる。

提婆《だいば》は、山の上から釈尊目がけて大石を落としたり、マガダ国の阿闍世王《あじゃせおう》をそそのかして酔象《すいぞう》を放ち、釈尊を踏《ふ》み殺させようとしたりした。

釈尊は、それらをすべて乗り越えた。ときには忍耐《にんたい》強く、またときには冷静に道理を説き、実証を示すなどして、迫害《はくがい》に打ち勝って法を弘《ひろ》めていったのだ。

入滅《にゅうめつ》――最期《さいご》まで法を説きつづける

多くの弟子を育てながら弘教《ぐきょう》の旅を続けた釈尊《しゃくそん》は、80歳《さい》のとき、故郷の町に向けて最後の説法《せっぽう》の旅に出た。

三つの国をまたぐ長い旅の途中《とちゅう》、釈

尊は鍛冶屋《かじや》を営むチュンダという青年が供養《くよう》した料理を食べて、激しい下痢《げり》に襲《おそ》われた。そして、回復することなく、沙羅双樹《さらそうじゅ》の間にしつらえた寝床《ねどこ》に身を横たえて死を迎《むか》えた。つまり、食中毒をきっかけとした死であったと考えられる。釈尊が超人的存在《ちょうじんてきそんざい》ではなく一人の人間であったことが、ここからもわかる。

釈尊は亡くなる前、料理を供養したチュンダへの言伝《ことづて》を頼《たの》んだ。「料理が私を死に至らしめたことを彼《かれ》は悔《く》いているだろうから、『君は最高の供養をした』と私が言っていたと伝えておくれ」との伝言であった。真心の供養の姿勢《しせい》を讃《たた》えたのである。

釈尊が最期まで人の心を思いやる姿を伝えた、感動的な逸話《いつわ》と言える。

また、釈尊は入滅の瞬間《しゅんかん》まで、周囲を囲む弟子たちに、のちの指針となる教えを説きつづけた。当時としては高齢《こうれい》であり、肉体的にも衰弱《すいじゃく》の極《きょく》にありながら、最期まで民衆を思い、法を弘《ひろ》めつづけたのである。

「教主釈尊の出世の本懐《ほんかい》は人の振舞《ふるまい》にて候《そうらい》けるぞ」と日蓮大聖人《にちれんだいしょうにん》の御書《ごしょ》にあるとおり、釈尊は一人の人間としての振る舞いによってこそ、偉大《いだい》であったのだ。

＊当時、中インドはコーサラ国とマガダ国という2つの大国が支配しており、釈迦族の国はコーサラ国にほぼ従属していた。

【参考文献】『人間ブッダ』第三文明社

苦行の世界

悟《さと》りを求めて、釈尊が身を投じた苦行《くぎょう》の世界とは、
どんなところだったのか。

苦行がつくったガンジス川？

一日中、倒立《とうりつ》して過ごす、片足で立って座具を使わない、身体を地中に埋《う》め、頭だけを出す、数か月に及《およ》ぶ断食《だんじき》。

釈尊が行った苦行のなかで最も厳しいと言われるのは、息を止める苦行（止息禅《しそくぜん》）だ。

まったく意味がないように見える苦行。しかし、その力が強く信じられていた。

たとえば、多くの人が沐浴《もくよく》で身を清める聖なる河ガンジスも、もともとは天上界に流れていたものを、ある仙人が、気が遠くなる苦行でためた力によって地上に導かれた、と信じられていたのだ。

苦行が修行《しゅぎょう》になったのは？

どうして苦行《くぎょう》が修行に取り入れられたのか。

そこには、身体と精神が表裏一体《ひょうりいったい》のものであると考えるインドの精神風土が関係している。

身体をコントロールすることが、精神の自由を得るために重要、と考えられたのだ。

それを突《つ》き詰《つ》めたのが身体を極限まで追いこむ苦行だった。

現在では健康体操のように行われているヨガ（ヨーガ）も、ルーツをたどれば釈尊よりも古い時代からのインドの修行法だったのだ。

仏陀アラカルト

「仏陀《ぶった》」の章に描《えが》かれた人間・釈尊《しゃくそん》の生涯《しょうがい》。
ブッダのその後を、いくつかのトピックで見てみよう。

女性を大切にしたブッダ

ある経典では、
夫の妻に対するあり方のひとつに
「女性の自立を認めよ」という
言葉があるように、
女性を尊重したのが釈尊だった。
釈尊の教団の中でも女性は活躍《かつやく》し、
後にインドを訪れたギリシャ人は、
「女性の哲学者《てつがくしゃ》たちがいて、
男性の哲学者に伍《ご》して
難解《なんかい》なことを堂々と議論している」と、
その驚《おどろ》きを書き残しているほどだ。
古い経典には、智慧《ちえ》第一、神通《じんつう》第一、
説法《せっぽう》第一の女性信者の名前も
挙《あ》がっている。

日本語の中のサンスクリット語

お寿司《すし》のご飯の部分をシャリと呼ぶ。
これは釈尊を火葬《かそう》して
残った骨を分配し、
各地に安置された仏舎利《ぶっしゃり》の形状に
米粒《こめつぶ》が似ていることから、シャリと
呼ぶようになったと言われている。
かさぶたのカサやあばた、
瓦《かわら》もサンスクリット語由来の日常語。
乳酸菌飲料《にゅうさんきんいんりょう》のカルピスのピスは、
仏教の五味《ごみ》のひとつ熟酥《じゅくそ》（サルピス）に
由来する。ふだん使っている
ちょっとした言葉の中にも、
ブッダの生きた世界とのつながりが
潜《ひそ》んでいるのだ。

【参考文献】『NHKスペシャル ブッダ 大いなる旅路1』NHK出版／『仏陀のいいたかったこと』講談社学術文庫／『仏教、本当の教え』中公新書

平和の光の章

「インドの精神の王者」タゴール

「平和の光」の章で言及《げんきゅう》される詩聖《しせい》タゴールは、どのように偉大《いだい》であったのか。文学的業績など、いくつかの面から探《さぐ》ってみよう。

写真＝AP／アフロ

詩聖《しせい》タゴールの「英知《えいち》の言葉」

インドの民衆に敬愛《けいあい》された詩聖

　ラビンドラナート・タゴール（1861～1941）は、アジア人初のノーベル文学賞受賞者であり、インドのみならずアジアを代表する詩人・思想家である。

　タゴールは、インドのカルカッタ（現

無気力と無知は人間にとって
最悪の屈従《くつじゅう》の形態である

力がないところには繁栄《はんえい》がなく、
力は結合以外によっては得られない

人間に対する信頼《しんらい》を失うことは罪《つみ》である。
その信頼を最後まで私は持ち続けよう

君の心を束縛《そくばく》するすべての鎖《くさり》をたち切って、
前に向かって突進《とっしん》せよ

人間の活動は、
木の枝のようなものである。
根の部分に相当する
知性が不能になると、全体が枯《か》れる

きびしい闘《たたか》いは闘われなければならない。
それが人生に価値《かち》を与《あた》える

コルカタ）の裕福《ゆうふく》な名家に生まれた。兄弟や親戚《しんせき》にも芸術家や思想家が多い家柄《いえがら》で、環境《かんきょう》にも恵《めぐ》まれて8歳《さい》で詩を書きはじめたという。

17歳でイギリスに留学。帰国後は父親から、タゴール家が保有する農村の土地管理の仕事をまかされる。その仕事のかたわら、次々と詩や小説などを書きつづけた。

21歳のときに、最初の詩集『夕べの歌』を刊行して高い評価を受け、52歳で英訳詩集『ギタンジャリ』によりノーベル文学賞を受賞（1913年）。80歳で亡くなる直前まで、病床《びょうしょう》で詩の口述《こうじゅつ》を続けていたという。70年以上にわたって書かれた詩や歌は、数千編にのぼる。

タゴールの詩歌《しいか》の世界は多岐《たき》にわたるが、多いのは「永遠なるもの」「無限なるもの」への憧《あこが》れと祈《いの》りをこめた深遠《しんえん》な宗教詩であり、自然の美しさや生命の尊厳《そんげん》を謳《うた》い上げた「頌歌《しょうか》（讃《たた》える歌）」である。

タゴールは作曲家でもあり、自作の詩歌のうち約1000編に自ら曲をつけた。それらの「タゴール・ソング」は、インドの民衆――とくにタゴールの故郷ベンガル地方の民衆――に愛唱《あいしょう》された。口伝えによって広まり、農民の収《しゅう》穫歌《かくうた》や船頭《せんどう》たちの舟唄《ふなうた》、子どもたちの童歌《わらべうた》などとして、老若男女《ろうにゃくなんにょ》を問わず歌われたのである。タゴールが文学好きや知識人のみならず、貧しい農民・労働者層からも深く敬愛されてきたのは、一つにはそのためだ。

インド学者の森本達雄《もりもとたつお》氏は、次のように述《の》べている。

「文字を読めない農民たちがタゴールの歌を愛唱したのは、彼《かれ》の歌がただ文学的にすぐれていたからではなく、むしろ物言わぬ自分たちの喜びや悲しみを、そこに見出《みいだ》したからではないでしょうか」※1
そして、タゴールはいまも、インドの「国民詩人」として広く尊敬を集めている。その芸術と思想の影響《えいきょう》は、文学の世界のみならず、インド文化全般《ぜんぱん》に及《およ》んでいるのだ。たとえば、インドを代表する映画監督《かんとく》サタジット・レイと、同じくインドを代表する音楽家ラビ・シャンカールは、〝自分の人生と芸術にタゴールがどれほど大きな影響を与《あた》えたか〟を、生前に繰り返し語っていた。

平和のために行動しつづけた人

タゴールは民衆と平和を愛し、平和のために行動しつづけた人であった。

たとえば、彼はノーベル賞受賞の翌年にイギリス政府から「ナイト」の爵《しゃく》位《い》を贈《おく》られたが、1919年に「アムリッツァルの虐殺《ぎゃくさつ》」（イギリス軍が、英政府への抗議《こうぎ》集会に集ったインドの民を大量に銃殺《じゅうさつ》した事件）が起きると、そのことに抗議して爵位を返上している。

また、タゴールはマハトマ・ガンジーとも深い親交を結び、ガンジーが指《し》揮《き》したインド独立運動を強く支持していた。ガンジーを初めて「マハトマ（偉大《いだい》なる魂《たましい》）」という尊称《そんしょう》で呼んだのは、タゴールだと言われている。

ノーベル文学賞受賞で世界的名声を

得たタゴールは、以後、自ら積極的に世界各国を旅するようになった。そして、訪れた先でロマン・ロラン（作家）やアインシュタイン（物理学者）など、世界的文化人と対話を重ねていった。それらも平和のための対話としての意味合いが強かった。たとえば、戦争反対の立場を明確にしていたロランとは深く共鳴《きょうめい》し、彼《かれ》が世界の知識人に平和への連帯を訴《うった》えた「精神の独立宣言」（１９１９年）に賛同の署名をしている。

また、タゴールは平和の礎《いしずえ》としての教育を重視した。１９０１年、39歳のときには、私財を投じてカルカッタ北方のシャンティニケタンに学校を創設。以後、自らの手で子どもたちに理想の教育を施《ほどこ》していった。ここで学んだ一人に、アジア人初のノーベル経済学賞受賞者となったアマルティア・センがいる。この学校はインド独立後、国立の総合大学へと発展している。

タゴールは日本文化を高く評価し、5度にわたる来日を果たしている。だが、そのうち１９１６年の初来日の際は、当時第一次世界大戦に参戦中だった日本の軍国主義化、とくに中国への侵略《しんりゃく》を、各地での講演などで強く批判《ひはん》した。来たときには国を挙げて歓迎《かんげい》されたタゴールであったが、3か月後に日本を離《はな》れたとき、見送ったのはわず

【出典】※1『ガンディーとタゴール』（森本達雄 著）第三文明社
【参考文献】『人類の知的遺産61 タゴール』講談社／『ノーベル文学賞と経済学賞』ポプラ社／『タゴール』清水書院／「新たな地球文明の詩を」（「灯台」連載より）

かな友人だけだったという。

なお、池田SGI会長は1997年、インドの「アジア協会」から第1回「タゴール平和賞」を授与《じゅよ》されている。

タゴール 作品集

●**『ギタンジャリ（歌の捧げもの）』**1910年作。タゴール自身が英訳したものに、アイルランドの詩人イェイツが序文を寄せて、1912年に発刊された。一般に売られたのはわずか250部だった。1913年に東洋人として初めてノーベル文学賞受賞。だれも推す人のなかった選考委員会で、作品を読んだ委員が他の委員に一読を勧め、最終的に圧倒的多数で授賞が決まったという。

●**戯曲『タグ・ガール（郵便局）』**1912年発表。病気がちで外に出られない子どもが、窓の外に見える郵便局に魅せられていく。作品を見たガンジーが涙を流し、ポーランドの教育者コルチャックが、強制収容所に移送される孤児たちに、死を身近なものと感じさせるために、子どもたちと上演したと伝えられる。

●**『ラクタカラビィ（赤い夾竹桃）』**1924年発表。国民が金塊の発掘に当たらされる王国にあって、王を恐れず民衆を自由への闘争に奮い立たせる乙女ノンデニの物語。タイトルの赤い夾竹桃は、主人公ノンデニの好んだ花。

●**『サーダナ（生の実現）』**1912年にハーバード大学で行った一連の講義をまとめたもの。ランプは、中に蓄えた油を燃やし周囲を照らし出すときに、本来の意味が明らかになる、という譬えを通して、タゴールの仏教観を語った箇所がある。

♪　♪　♪　詩は歌でもあった　♪　♪　♪

インド国歌「インドの朝」、バングラデシュ国歌「我が黄金のベンガルよ」　原詩・原曲はタゴール作

識字率の高くないベンガル地方でタゴールの作品が人びとに愛されたのは、詩人の作品が、詩とメロディーが一体になった歌曲（ガン）だったからだ。口から口、耳から耳へと伝わり愛された、その片鱗を2つの国の国歌からもうかがうことができる。

Column

日本の戦争を知るための キーワード

「平和の光」の章に登場する、
「日本の戦争」をめぐる、
いくつかのキーワードを解説。

インドのインパールに向かう日本軍

満州事変

●1931（昭和6）年に中国東北部（満州）で起きた日本と中国の紛争《ふんそう》が、「満州事変」（1931〜33年）である。その発端《ほったん》となったのは、「柳条湖事件《りゅうじょうこじけん》」――同年9月に中国・奉天《ほうてん》（現在の瀋陽《しんよう》）郊外の柳条湖付近で起きた南満州鉄道（満州にあった日本の特殊《とくしゅ》会社）の線路爆破《ばくは》事件であった。

　この事件について、関東軍（満州に駐屯《ちゅうとん》した大日本帝国《ていこく》陸軍の一部隊）は「中国軍が線路を爆破し、攻撃《こうげき》してきたので、自衛のため応戦した」旨《むね》を発表。

　日本国内の新聞やラジオもそのとおりに報じた。しかし実際には、関東軍自らが爆薬を仕掛《しか》けて起こした陰謀《いんぼう》であった。

　その陰謀は、満州に新国家の建設を進めることを目的としていた。

　ことの真相を知った日本政府首脳は、これ以上ことを大きくすべきではないとする、軍事行動の「不拡大《ふかくだい》方針《ほうしん》」を打ち出した。しかし、関東軍は戦線を拡大。わずか5か月で満州全土を占領《せんりょう》し、翌32（昭和7）年3月には「満州国」建国を宣言。清朝《しんちょう》最後の皇帝《こうてい》だった愛新覚羅溥儀《あいしんかくらふぎ》が、国家元首にあたる執政《しっせい》に就任（のちに「皇帝」となる）したものの、実権は日本人が握《にぎ》っていた傀儡国家《かいらいこっか》であった。

　日本国政府も、同年9月には独立国として承認《しょうにん》している。

しかし、中華民国《ちゅうかみんこく》政府の提訴《ていそ》により国際連盟《れんめい》から満州事変と満州国の調査のため派遣《はけん》された「リットン調査団」は、1932（昭和7）年9月に提出された調査報告書の中で、中国側の主張を支持した。翌33（昭和8）年には、「満州国」の不承認などを内容とする勧告案《かんこくあん》が国際連盟で採択《さいたく》され、日本は連盟を脱退《だったい》。国際的孤《こ》立《りつ》への道を歩み、日中戦争（1937～45年）へと突《つ》き進んでいった。

大《だい》東《とう》亜《あ》共《きょう》栄《えい》圏《けん》

●1940（昭和15）年に発足《ほっそく》した第二次近衛《このえ》文麿《ふみまろ》内《ない》閣《かく》は、直後の閣議で「基本《きほん》国策要綱《こくさくようこう》」を定めた。その中で目的として打ち出されていたのが、「大東亜の新《しん》秩序《ちつじょ》を建設する」ということであった。

当時、欧米《おうべい》諸国の植民地となっていた東アジア、東南アジア各国を植民地支配から解放し、日本を中心に共存共栄《きょうぞんきょうえい》する新しい国際秩序を築こうという、日本が掲《かか》げたスローガンが、「大東亜共栄圏」である。翌41年の太平洋戦争開戦の際には、日本の大本営《だいほんえい》（日本軍の最高統帥機関《とうすいきかん》）は、この戦争を「大東亜戦争」と呼称《こしょう》することを決定している。

しかし、大義名分《たいぎめいぶん》はともかく実質的には、大東亜共栄圏構想とは、西欧列強のフランスやオランダ、イギリス植民地（仏領インドシナ、インドネシア、シンガポール、マレーシアなど）

を日本が代わって支配しようとするものであった。

　そして、日本の敗戦によって大東亜共栄圏は消滅する。

大政翼賛会《たいせいよくさんかい》

●日中戦争から太平洋戦争（1941～45年）へと向かう暗い戦時下の時代、権力により、国民を統制《とうせい》するための二つの〝仕組み〟が発動された。一つは1938（昭和13）年の「国家総動《こっかそうどう》員法《いんほう》」の公布であり、もう一つが1940（昭和15）年の「大政翼賛会」発足《ほっそく》であった。
　国家総動員法は、日本の人的・物的資源すべてを統制する権利を政府に与《あた》えるもの。

　この法律によって、国民の自由は著《いちじる》しく制限された。そして、実際に国民を統制するための中核組織《ちゅうかくそしき》となったのが、大政翼賛会であった。

　大政翼賛会は、首相を中心とした「公事結社《こうじけっしゃ》」であると定義された。つまり、政党ではなかった。しかし、左右両派の政党がこぞって解散して合流することによって、一党独裁的《いっとうどくさいてき》に国民生活全般《ぜんぱん》を統制した。翼賛会の下部組織は、道府県、大都市、市区町村、町内会などに作られた。

　「統制」の一例として、町内会の下に作られた翼賛会末端《まったん》の地域組織「隣組《となりぐみ》」によるものが挙げられる。「隣組」は数軒《すうけん》から10軒のご近所同士を1組とするもので、食料の配給や物資の供出《きょうしゅつ》、空襲《くうしゅう》に備える「防空演《ぼうくうえん》習《しゅう》」などが、隣組単位の共同作業で行われた。

隣組は、国民がたがいを監視《かんし》する思想統制の場としても機能していた。たとえば、隣組に属する家の一つに戦争に否定的《ひていてき》な家族がいたら、ほかの家の者がそのことを当局に密告《みっこく》して思想統制を行うなど、国家が進める戦争への道を、強制的に支持する体制が作られていったのである。

治安維持法《ちあんいじほう》

●治安維持法は、1925（大正14）年の制定当初には、共産主義革命運動《きょうさんしゅぎかくめいうんどう》を取り締《し》まることを主目的としていた。しかし、2度の改正（改悪）を経《へ》てしだいに拡大解釈《かくだいかいしゃく》され、軍部権力《ぐんぶけんりょく》による思想統制に広く利用されるようになり、政府を批《ひ》判《はん》するものすべてが対象《たいしょう》となった。とくに、太平洋戦争目前の41（昭和16）年3月の改正では、刑罰《けいばつ》が全般《ぜんぱん》的《てき》に重罰化《じゅうばつか》されたほか、取り締まり範囲《はんい》が拡大《かくだい》された。天皇を中心とする国家体制の変革《へんかく》を狙《ねら》う者を取り締まる法律であったが、官《かん》憲《けん》がその「準備行為《じゅんびこうい》」を行ったと判断すれば、だれでも逮捕《たいほ》できるようになったのである。

この治安維持法を盾《たて》に行われた言論・出版・思想・学問の自由への弾圧《だんあつ》は、広い範囲に及《およ》んだ。宗教団体への弾圧も、その一端《いったん》であった。

敗戦後の45（昭和20）年

10月に廃止《はいし》されたが、それまでの同法による検挙者《けんきょしゃ》は日本本土だけで約7万人に及んだ。牧口常三郎《まきぐちつねさぶろう》創価学会初代会長、戸田城聖《とだじょうせい》第二代会長が43（昭和18）年に逮捕・投獄《とうごく》されたのも、「治安維持法違反《ちあんいじほういはん》ならびに不敬罪容疑《ふけいざいようぎ》」によるものであった。

インパール作戦

●インパールとはインド北東部の都市。太平洋戦争中には、インドに駐留《ちゅうりゅう》するイギリス軍の中心拠点《きょてん》となった。

日本軍は、1942（昭和17）年8月にビルマ（現ミャンマー）全域を占領《せんりょう》した。しかしその後、ビルマと国境を接するインド側からの英印軍《えいいんぐん》（イギリス領インド軍）などによる侵攻《しんこう》に悩《なや》まされた。

そこで44（昭和19）年3月、ビルマ国境から近いインパールを攻略《こうりゃく》しようとした。これが「インパール作戦」である。

しかし、作戦は補給《ほきゅう》の問題を無視《むし》したずさんで無謀《むぼう》なものであった。

日本軍は弾薬《だんやく》や食料の補給を受けられず苦戦に陥《おちい》り、7月には作戦中止の命令が下された。退却《たいきゃく》の途上《とじょう》で、多くの兵士が飢《う》えと病気によって死亡する。

結局、この作戦に参加した日本兵約9万人のうち、約3万人が戦死、約4万2000人が戦病死するという歴史的大失敗に終わることになった。

【参考文献】『誰もが書かなかった日本の戦争』（田原総一朗 著）ポプラ社／『これだけは知っておきたい近代日本の戦争』（梅田正己 著）高文研／『ジャパン・クロニック 日本全史』講談社

民音による芸術・文化交流の広がり

2018年、創立55周年の佳節を迎えた「民音」（民主音楽協会）。その半世紀の歩みを振り返るとともに、小説『新・人間革命』の記述から、創立者である池田SGI会長が民音に託した思いに迫る。

世界110か国・地域との文化交流

「民衆が古今東西の音楽、芸術に触れるとともに、人間の心を結ぶ運動を起こしていこうと考えているんです」

小説『新・人間革命』第3巻「平和の光」の章で語られる山本伸一の構想は、それから約2年半後の1963（昭和38）年10月18日、民音の創立という形で結実をみる。以来、半世紀以上にわたって、民音は民衆のための多角的な音楽文化運動を展開してきた。

いまや日本最大の音楽文化団体となった民音の活動の中でも特筆すべきは、これまでに110か国・地域に及ぶ国々と、音楽・舞踊・舞台芸術を中心とする文化交流プログラムを行ってきたことであろう。

民音「マリンロード音楽の旅」
ミャンマー国立劇場舞踊団の公演

民音が掲げる理念の一つは、「国家・民族・言語等の文化の相違を超えて、グローバルな音楽文化交流を推進し、各国間における相互理解と友情を深めていくことを望んでいます」という高《こう》邁《まい》なものである。

その理念のとおり、日本と諸外国との間に文化の橋を架け、人びとの心を音楽で結んできたのだ。半世紀余に及ぶ歴史は、数々の名公演に彩られている。そして、それらの公演の一つひとつが、各国・地域との文化交流の輝かしい軌跡でもある。

もちろん、そのような文化交流が、創立当初からスムーズにできたわけではない。それは、創立者である池田SGI会長と民音関係者が、道なき道を切り拓く苦闘の末に成し遂げたものなのだ。

たとえば、民音は1980（昭和55）年にオペラ界の至宝とされるウィーン国立歌劇場を、翌81年に、ミラノ・スカラ座を日本に招聘《しょうへい》し、日本の芸術史上に輝く本格的なオペラ公演を成功させた。「建物以外、舞台装置もオーケストラもすべてミラノから運ばれてきた」と言われた〝引っ越し公演〟は、大きな感動を呼んだ。

だが、そこまでの道のりは険しいものだった。池田会長が1965（昭和40）年にスカラ座を初訪問した当時、日本の文化・芸術関係者の中には「民音などに、スカラ座のような大舞台が呼べるわけがない」と、嘲笑《ちょうしょう》のまなざしを向ける者もあったという。紆余曲《うよきょく》折《せつ》を経て、日本招聘の夢が実現するまでには、それから16年という年月が必要だったのだ。

文化芸術を庶民の手に取り戻す

池田会長が民音の音楽プログラムについて述べた、「庶民が下駄《げた》履《ば》きで行ける音楽会であってほしい」との言葉がある。

その願いどおり、民音の文化運動は、音楽芸術を一部のエリートや知識人だけのものにとどめず、広く民衆の手に取り戻す役割を果たしてきた。民音を通じて生まれて初めてオペラを鑑賞した人や、初めて海外からの舞踊公演を観た人も、きっと多いに違いない。

池田会長は、『新・人間革命』第7巻「文化の華」の章にも、次のように綴っている。

「民衆に親しまれ、愛されてこそ、文化・芸術も意味をもつといえる。民衆のいない文化・芸術は、結局は空虚な抜け殻でしかない」

そして、なんのために文化芸術を庶民の手に取り戻すのか、なんのために文化交流を進めてきたのかといえば、究極のところは世界平和のためであろう。同じく「文化の華」の章には、こんな一節もある。

「文化は、その民族や国家を理解する、最も有効な手がかりとなる。

また、文化は固有性とともに共感性をもち、民族、国家、イデオロギーの壁を超えて、人間と人間の心を結ぶ〝磁石〟の働きをもっている」

文化によって国と国、民衆と民衆の心を結び、そのことによって平和の礎を築く――民音は音楽という分野でその役割を担ってきたのである。

【出典】＊『民音50年史』民主音楽協会

『新・人間革命』名言集

第1巻〜3巻

◆ 家庭の不和に悩《なや》む婦人に

幸せの大宮殿《だいきゅうでん》は、あなた自身の胸中《きょうちゅう》にある。
そして、その扉《とびら》を開くための鍵《かぎ》が信心なんです。

第1巻・旭日より

◆ 生活の悩みをかかえた婦人たちと語らって

川に岩や石があるように、人生にも常に悩みや
苦しみはある。だが、滔々《とうとう》と水が流れていけば、
岩も、石も水中に没《ぼっ》し、やがては、岩は削《けず》られ、
石も押《お》し流されてゆく。広布《こうふ》という
平和の使命に生きる生命の歓喜《かんき》と躍動《やくどう》は、
この滔々たる水の流れに似ている。
多くの苦悩《くのう》はあっても、信心の喜びがあれば、
悠然《ゆうぜん》と苦悩を押し流し、
乗り越《こ》えてゆくことができる。

第1巻・錦秋より

◆ 自らの境遇《きょうぐう》を嘆《なげ》き、
投げやりな雰囲気《ふんいき》の婦人に

皆《みな》さんは本当にご苦労をされ、
じっと耐《た》えてこられた。
すべてがいやになりもしたでしょう。
死んでしまいたいような
気持ちにもなったでしょう。その辛《つら》く、
悲しい胸《むね》の内は、私にはよくわかります。
しかし、その苦しみを幸福へと転じ、
流し続けてきた涙《なみだ》を福運《ふくうん》の輝《かがや》きへと転じて
ゆけるのが仏法です。
一番、不幸に泣いた人こそ、
最も幸福になる権利《けんり》があります。

第1巻・慈光より

⚜ 夫を病気で亡くし、子どもと
異国で生きる不安を訴《うった》える婦人に

人は皆《みな》、人生という原野《げんや》をゆく開拓者《かいたくしゃ》です。
自分の人生は、自分で開き、
耕《たがや》していく以外にありません。
信心というクワを振《ふ》るい、幸福の種を蒔《ま》き、
粘《ねば》り強く頑張《がんば》ることです。
広宣流布《こうせんるふ》のために流した汗《あせ》は、珠玉《しゅぎょく》の福運となり、
永遠にあなたを荘厳《そうごん》していきます。

……第1巻・開拓者より

⚜ 転勤の不安をかかえた婦人に揮毫《きごう》を贈《おく》り

人は心のもち方によって、
物事の受け止め方は違《ちが》ってくる。
すべてを、希望へ、歓喜《かんき》へ、前進へとつなげ、
勇気の太陽を
胸中《きょうちゅう》に昇《のぼ》らせていってこそ仏法である。

……第1巻・開拓者より

⚜ 利他《りた》の行動が人間を輝《かがや》かせる

人間性の光彩《こうさい》とは、利他の行動の輝きにある。
人間は、友のため、人びとのために
生きようとすることによって、
初めて人間たりうるといっても過言《かごん》ではない。
そして、そこに、小さなエゴの殻《から》を破り、
自身の境涯《きょうがい》を大きく広げ、
磨《みが》き高めてゆく道がある。

……第1巻・錦秋より

⚜ 偏見《へんけん》や誤解《ごかい》を解くには

ひとたび、先入観《せんにゅうかん》が出来上がると、公正な目で
評価を下《くだ》すことができなくなってしまう。
それを打ち破るものは、信仰《しんこう》によって
陶冶《とうや》された人格の光彩《こうさい》である。人格の輝《かがや》きは、
悪意の中傷《ちゅうしょう》を覆《くつがえ》し、真実を雄弁《ゆうべん》に物語る。
ゆえに、多くの人びとと直接会い、
対話することが大切になる。

……第1巻・開拓者より

◆太陽のような包容力《ほうようりょく》で

人の心のマントを脱《ぬ》がせるものは、寒く激《はげ》しい北風ではない。それは、人を思いやり、包《つつ》み込《こ》む、太陽のような慈光《じこう》の温かさである。そこにこそ、人間のまことの共感の調べが生まれるからだ。

第1巻・慈光より

◆さりげない振る舞いにも、細《こま》やかな気遣《きづか》いを

仏法は人の振る舞いを説いたものであり、仏法即《そく》社会です。人びとの信頼を勝ち得るためには、細かい事への気遣《きづか》いが大事ですよ。

第1巻・新世界より

◆誰からも愛され、尊敬《そんけい》される人に

人びとから愛され、尊敬されていくことが弘教《ぐきょう》につながり、その広がりのなかに広布《こうふ》があるんです。

第1巻・旭日より

◆地域で、職場で、信頼《しんらい》される人に

まず、あなた自身が、地域でも、職場でも、周囲の人から人間として尊敬され、信頼される人になることです。それが戦いです。そして、このアメリカの社会に、仏法という自由と平等の人道の哲学《てつがく》を弘《ひろ》めることです。それが、アメリカの建国の精神を蘇《よみがえ》らせることであり、社会への最大の貢献《こうけん》となります。

第1巻・錦秋より

◆悲哀《ひあい》に負けない朗《ほが》らかさのなかに幸福が

真剣に信心に励《はげ》むならば、あなたも幸福になれないわけは断じてない！まず、そのことを確信してください。そして、何があっても、明るく笑い飛ばしていくんです。

＊

ご主人やご家族を憎《にく》んだり、恨《うら》んだりするのではなく、大きな心で、みんなの幸せを祈《いの》れる自分になることです。

第1巻・旭日より

⚜ 宿命を使命に変えて、周囲の希望の存在に

大丈夫《だいじょうぶ》、信心をしていく限り、
必ず幸せになれます。そのための仏法です。
それに、あなたが今、不幸な目にあい、
辛《つら》い思いをしているのは、
あなたにしかない尊い使命を果たすためです。

＊

貧乏《びんぼう》で苦しみ抜《ぬ》いた人が、それを乗り越えることが
できれば、生活苦に悩《なや》むすべての人に、希望を
与《あた》えることができます。また、病気に悩んできた人が
元気になり、健康になれば、病苦の友の胸に、
勇気の灯《ひ》をともすことができる。更《さら》に、家庭の不和《ふわ》に
泣いた人が和楽《わらく》の家庭を築き上げれば、家族の
問題で悩んでいる人たちの模範《もはん》となります。

＊

苦悩が深く、大きいほど、
見事に仏法の功力《くりき》を証明することができる。
宿業《しゅくごう》とは、使命の異名《いみょう》ともいえるんです。

……………………第1巻・開拓者より

⚜ 家族でただ一人信仰に励《はげ》む婦人に

一家《いっか》のなかで、自分だけしか信心をしていない
というのは、確かに寂《さび》しいかもしれない。
しかし、奥《おく》さんが頑張《がんば》っていれば、
その功徳《くどく》、福運《ふくうん》は、全家族に回向《えこう》されていきます。
ちょうど、一本の大きな傘《かさ》があれば、
家族を雨露《あめつゆ》から防ぐことができるのと同じです。

＊

妻として、あるいは母親として、
信心に励むにつれて立派になり、元気で、聡明《そうめい》で、
温かく、思いやりにあふれた太陽のような
存在になっていくならば、ご家族も自然に、
仏法に賛同するようになっていきます。
つまり、自分がご家族から慕《した》われ、
深く信頼《しんらい》されていくことが、
ご家族の学会理解への第一歩になっていくんです。

……………………第1巻・慈光より

⚜ 組織を、清浄《せいじょう》な水を供給する水道にたとえて

学会の組織は、
清らかな信心の息吹《いぶき》を送り込《こ》み、
人材を育《はぐく》む〝信心の水道〟といえます。
もし、中心になる幹部が
求道心《きゅうどうしん》を失《うしな》えば、水道管が
水源《すいげん》につながっていないようなものです。
また、幹部が不純《ふじゅん》であれば泥水《どろみず》が流れ、
動こうとしなければ
水はよどんで管《くだ》はサビついてしまう。
幹部同士の仲が悪ければ、
管がひび割れているようなものです。
どうか、皆《みな》で力を合わせて、
この仏意仏勅《ぶついぶっちょく》の組織を守り、
育ててください。

……第1巻・開拓者より

⚜ 多種多様な人の和が組織の強さ

組織の力というのは、
人と人との組み合わせによって
決まるといってよい。むしろ、タイプも、個性も、
考え方も違《ちが》う幹部が力を合わせることによって、
多種多様な人材を育《はぐく》み、
いかなる問題にも対処《たいしょ》できる、
幅の広い人間組織ができ上がるのである。
つまり、人の和こそが組織の強さにほかならない。

……第1巻・開拓者より

⚜ 最大の激励《げきれい》とは

一緒《いっしょ》に、その人の幸せを祈《いの》ってあげることです。
これは、誰《だれ》にでもできることだが、
人間として最も尊《とうと》い行為《こうい》です。
自分のために、祈ってくれる同志が
いるということほど、心強いことはありません。
それが、最大の力になり、激励《げきれい》になります。

……第1巻・開拓者より

⚜ 団結は力～橋を吊《つ》り上げるケーブルを例に

一本一本は決して太いものではない。
しかし、それが、束《たば》ねられると、大変に大きな力を
発揮《はっき》する。これは異体同心《いたいどうしん》の団結の姿《すがた》だよ。
学会も、一人ひとりは小さな力であっても、
力を合わせ、結束《けっそく》していけば、考えられないような
大きな力を出せる。団結は力なんだ。

……………………第1巻・新世界より

⚜ 責任と自覚のなかで人は磨《みが》かれる

自《みずか》らが責任をもってカジをとろうとするのか、
それとも、ただ舟に乗せられている
乗客になろうとするのかによって、
自覚も行動も全く違《ちが》ってくる。
乗客のつもりでいれば、何かあるたびに舟が悪い、
カジ取りが悪いということになって、
グチと文句ばかりが出る。
それでは、自分を磨くことはできない。

……………………第2巻・先駆より

⚜ 先駆《せんく》の道を開き続ける「後継《こうけい》の」人

〝後継〟と〝後続〟とは異《こと》なる。
後方の安全地帯に身を置き、開拓《かいたく》の労苦《ろうく》も知らず、
ただ後《あと》に続く〝後続の人〟に、
〝後継〟の責任を果たすことなど
できようはずがない。
〝後継の人〟とは、勝利の旗《はた》を打ち立てる
〝先駆の人〟でなければならない。

……………………第2巻・先駆より

⚜ 中心者と同じ心で

人間である限り、長所もあれば短所もある。
未熟《みじゅく》な面が目立つこともあろう。
問題は、そこで自分がどうするかだ。
批判《ひはん》して終わるのか、助け、補《おぎな》うのかである。
中心者を、陰《かげ》で黙々《もくもく》と守り支えてこそ、
異体同心《いたいどうしん》の信心といえる。

……………………第2巻・勇舞より

⚜ 幸福の礎《いしずえ》は家庭のなかに

家庭とは、家族が共同でつくりあげていく
価値創造《かちそうぞう》の「庭」であり、明日《あす》への英気《えいき》を培《つちか》う、
安《やす》らぎと蘇生《そせい》の「園《その》」である。また、人間を育《はぐく》みゆく
豊かな土壌《どじょう》といえよう。社会といっても、
その基盤《きばん》は、一つ一つの家庭にある。
ゆえに、盤石《ばんじゃく》な家庭の建設なくしては、
社会の繁栄《はんえい》もないし、社会の平和なくしては、
家庭の幸福もありえない。
そこに世界平和への方程式《ほうていしき》もある。

……第2巻・錬磨より

⚜ 太陽のような女性の輝《かがや》きが社会を照らす

一家の和楽《わらく》を築いたその力《ちから》が、社会に
向けられれば、平和建設の偉大《いだい》なる力となろう。

＊

いずこの家庭にも、「太陽」のごとき
婦人がいれば、社会もまた
明るい光に包まれていくにちがいない。

……第2巻・錬磨より

⚜ 自身のなかに壁《かべ》をやぶる鍵《かぎ》が

人生には、誰《だれ》でも行き詰《づ》まりがあります。
事業に行き詰まりを感じている人も
いるかもしれない。夫婦の関係にも、
行き詰まってしまうことがあるでしょう。
子育てでも、人間関係の面でも、
あるいは、折伏《しゃくぶく》や教学《きょうがく》に励《はげ》んでいる時も、
行き詰まりを感ずることがあるかもしれません。

＊

問題は私たちの一念に、行き詰まりがあるかどうか
にかかっています。それを本当に自覚した時には、
既《すで》に勝利の道が開かれているんです。

……第2巻・錬磨より

⚜ 一人ひとりに合わせた〝指導〟と〝励《はげ》まし〟を

人材の育成には、相手に即《そく》した臨機応変《りんきおうへん》な対処《たいしょ》が
求められる。惰性《だせい》に陥《おちい》っている場合には、
覚醒《かくせい》の鐘《かね》のごとき指導も必要だが、
張《は》り詰《つ》めた心の人には、安らぎと希望の
調《しら》べとなる励ましがなければならない。

……第2巻・錬磨より

♦ 人材を発掘《はっくつ》するのは、
長所を見いだそうとする視点

人材を見つける目というのは、
人の長所を見抜《みぬ》く能力と
いえるのではないでしょうか。それには、
自分の境涯《きょうがい》を開いていく以外にありません。

＊

ダイヤを磨《みが》くには、磨く側も
ダイヤモンドでなければならないし、
身を粉《こ》にしなければならない。

第２巻・錬磨より

♦ 挑戦《ちょうせん》と体験が、真実の力を培《つちか》う

人を育成するには、大きな責任をもたせ、
実際にやらせてみることが大切だ。
人は責任を自覚し、真剣《しんけん》になることによって、
力を増すものだからである。

第２巻・錬磨より

♦ 〝器《うつわ》が小さい〟と悩《なや》むリーダーに

自分の器とは、境涯《きょうがい》ということです。
学会の幹部《かんぶ》として、みんなの幸せを真剣《しんけん》に願い、
祈《いの》っていくこと自体が、自分の器を
大きく開いていくことにつながります。
しかし、自分のことしか考えず、〝我《が》〟を張《は》って
いたのでは、自分の器を広げることはできないし、
成長もない。自分の欠点を見つめ、
悩み、一つ一つ乗り越《こ》え、向上させながら、
長所を伸《の》ばしていくことです。
決して、焦《あせ》る必要はありません。

第２巻・勇舞より

♦ 民衆とともに歩む人に

幹部《かんぶ》は、どこまでも思いやりにあふれ、
泥《どろ》まみれになって献身《けんしん》していく、
奉仕《ほうし》の人でなければならない。

第２巻・民衆の旗より

⚜ リーダーはみんなを守りぬく立場

幹部になり、信心が深まるほど、
いよいよわが身を低くし、謙虚《けんきょ》に、礼儀《れいぎ》正しく、
同志《どうし》を敬《うやま》い、尽《つ》くしていくべきです。
ここに、世間の地位や立場と、
学会の役職との大きな違《ちが》いがあります。

……第2巻・民衆の旗より

⚜ リーダーの任を受けることに躊躇《ちゅうちょ》する青年に

青年にとって一番大事なことは挑戦です。
自分では無理かもしれないと思っても、
そこに挑戦していくところに成長があるし、
自分の境涯《きょうがい》を開いていくこともできる。

……第3巻・月氏より

⚜ 強き一念のなかに勝敗の鍵《かぎ》が

敗北の原因も、障害《しょうがい》や状況《じょうきょう》の厳《きび》しさにあるのではない。
自己自身の一念の後退、挫折《ざせつ》にこそある。

……第3巻・仏法西還より

⚜ ガンジス川の悠然《ゆうぜん》とした流れを前に

渓流《けいりゅう》は谷を駆《か》け、巌《いわお》にぶつかり、
激しく水飛沫《みずしぶき》を上げて進まねばならないが、
その試練《しれん》を乗り越《こ》えて、本当の大河となっていく。
今は、ともかく力の限り走ることだ。
動いた分だけ流れが開かれる。
ただまっしぐらに、
突《つ》き進んでいくのが青年の気概《きがい》です。

……第3巻・月氏より

⚜ 一人の力を何倍にもする団結の力

人間が成長していくには、独《ひと》りぼっちではなく、
互《たが》いに切磋琢磨《せっさたくま》していくことです。
特に信心の世界にあっては、
常に連携《れんけい》を取り合い、
励《はげ》まし合っていける同志が大事になります。
また、皆《みな》で力を合わせれば、
大きな力になる。団結の力は足し算ではなく、
掛《か》け算《ざん》なんです。

……第3巻・仏法西還より

人と人を結ぶ対話

人びとと触《ふ》れ合い、語り合うならば、
民族、文化、習慣の違《ちが》いを超《こ》えて、
同じ人間として、わかりあえるものが
必ずあります。その人間と人間の共通項《きょうつうこう》を
見いだし、どうやって人類を結ぶか、
平和を実現していくかを、考えています。

……………第3巻・月氏より

相手の良心を呼び覚ます対話の力

仏法者の戦いとは、どこまでも
非暴力による言論戦です。
言論、対話というのは、相手を人間として
遇《ぐう》することの証明です。
それは、相手の良心《りょうしん》を呼び覚《さ》ます、
生命《せいめい》の触発作業《しょくはつさぎょう》であり、
最《もっと》も忍耐《にんたい》と粘《ねば》り強さを必要とします。

……………第3巻・月氏より

呼吸《こきゅう》を合わせることの大切さをリーダーに語る

組織の強さは、どこで決まるか。それは団結であり、
幹部《かんぶ》が呼吸を合わせていくことです。
幹部同士の呼吸が合わない組織というのは、
一人ひとりに力があっても、
その力が拡散《かくさん》してしまうことになります。

＊

大切なのは、自分を中心に考えるのではなく、
勝利という目的に向かい、
呼吸を合わせていくことです。
そこに、自分自身の見事なる成長もある。

……………第3巻・仏法西還より

語り抜《ぬ》くことが、中傷《ちゅうしょう》や偏見《へんけん》を打ち砕《くだ》く

肉声《にくせい》の及《およ》ぶ範囲《はんい》は限られている。
だが、自《みずか》らの体験と実感に裏打《うらう》ちされた
肉声の響《ひび》きに勝《まさ》るものはない。

……………第3巻・月氏より

釈尊《しゃくそん》が弟子を一人で
布教に旅立たせたことをとおして

仏法は、単なる哲学《てつがく》や、瞑想《めいそう》の世界に
閉《と》じこもることではない。
法を求めて、その理《り》を得《え》たならば、
法の流布《るふ》を自己の使命とし、衆生《しゅじょう》を教化《きょうけ》、
救済する実践《じっせん》のなかに、真実の仏法がある。
また、釈尊は弟子が一人で法を説《と》くことで、
受動的な受け止め方を排《はい》し、自立《じりつ》した信仰《しんこう》を
身につけさせようとしていたのかもしれない。
布教《ふきょう》の責任をもってこそ、信仰も磨《みが》かれ、
深められていくからだ。

……第3巻・仏陀より

礼を尽《つ》くし、確信を込《こ》めて
法を説く釈尊の姿をとおして

布教《ふきょう》は単なる理論の闘争《とうそう》ではない。
人格を通しての生命《せいめい》と生命の打ち合いである。

……第3巻・仏陀より

活動の進め方がよくわからない様子《ようす》の壮年《そうねん》に

自分の周りで悩《なや》みを抱《かか》えて苦しんでいる人が
いたら、仏法を教えてあげればよいのです。つまり、
周囲の人を思いやる友情を広げていくなかで、
自然に布教はできていくものです。
焦《あせ》る必要はありません。そして、信心する人が
出てきたら、互《たが》いに励《はげ》まし合い、
守り合っていくことです。
そのために、組織が必要になるんです。

……第3巻・平和の光より

かつて栄華《えいが》を誇《ほこ》った遺跡《いせき》を見つめながら

受け継《つ》いでいく「人」がいなければ、すべて、
時とともに滅《ほろ》び去っていくことになる。
学会も同じです。その精神を、正しく伝える
「人」がいなければ、腐敗《ふはい》し、堕落《だらく》し、
朽《く》ち果ててしまう。すべては「人」です。
伝持《でんじ》の人、後継《こうけい》の人です。
だから、私たちの使命は大きい。

……第3巻・平和の光より

♠ 海外に、わずかながら
メンバーが誕生《たんじょう》していることを指して

「0」には、何を掛《か》けても「0」だが、
「1」であれば、何を掛けるかによって、
無限《むげん》に広がっていく。
だから、その「1」を、その一人を、
大切に育てあげ、強くすることです。

第3巻・平和の光より

♠ 一人の青年に続いて多くの人が
信仰《しんこう》に目覚めた逸話《いつわ》をとおして

一人の発心《ほっしん》は、一人にとどまらない。一波が十波、
百波となって広がっていくように、
そこに連《つら》なる幾多《いくた》の人間へと波動していく。

＊

一人を大切にし、一人を育てるところに、
広宣流布《こうせんるふ》の永遠不変の方程式《ほうていしき》があるといえよう。

第3巻・仏陀より

♠ 何があっても負けない強さを
身につけるために

現実は決して甘いものではない。
そのたびごとに、自らが傷つき、
卑屈になってしまえば、人生の勝利はない。
その自分の生命を磨き、強め、
弱さを克服していくのが信仰である。

第3巻・仏法西還より

♠ 勝敗の鍵は、己心に巣くう
臆病との戦いにある

人間は、自らの一念が後退する時、
立ちはだかる障害のみが
大きく見えるものである。
そして、それが動かざる
〝現実〟であると思い込んでしまう。
実は、そこにこそ、敗北があるのだ。

第3巻・仏法西還より

❦ 青年に期待を寄せて

組織の発展のためには、
常にマンネリの古い殻を打ち破る
斬新な発想と、みずみずしい
エネルギーが必要だ。そして、
それは若い力に期待する以外にない。

……第3巻・仏法西還より

❦ 結成されたばかりの香港地区の
リーダーと展望を語るなかで

たいした努力をしなくても
達成できるような目標では、
皆さんの成長がなくなってしまう。
困難で大きな目標を達成しようと
思えば、御本尊に真剣に祈りきるしかない。
そうすれば功徳があるし、
目標を成就すれば、大歓喜がわき、
信心の絶対の確信がつかめます。
だから、目標というのは、大きな方がいいんです。

……第3巻・平和の光より

信仰《しんこう》

❦

挑戦《ちょうせん》のエネルギーを
湧《わ》き出させる源泉《げんせん》が真剣《しんけん》な唱題《しょうだい》です。
それも〝誓願《せいがん》〟の唱題でなければならない。

……第1巻・開拓者より

勇《いさ》んで挑戦するところに生命《せいめい》の躍動《やくどう》があり、
知恵も生まれる。そこには、歓喜《かんき》があり、
さわやかな充実感《じゅうじつかん》と希望がみなぎる。
決して暗い疲労《ひろう》はない。

……第2巻・勇舞より

人の心ほど移ろいやすいものはない。
善にも、悪にも、動いていく。
偉大《いだい》な創造《そうぞう》をも成し遂《と》げれば、破壊者《はかいしゃ》にもなる。
仏にもなれば、第六天《だいろくてん》の魔王《まおう》にもなる。
その心を、善の方向へ、建設の方向へ、
幸福の方向へと導いていくのが
正しき仏法であり、信心である。

……第2巻・勇舞より

自分の一念《いちねん》のなかに
広宣流布《こうせんるふ》があれば、人生の経験《けいけん》は、
すべて生かされるものだ。仏法《ぶっぽう》には無駄《むだ》はない
……第1巻・開拓者より

生き方

人間の真価《しんか》は、最も大変な苦しい時に、
どう生きたかによって決まります。
さらに、勇気の人、希望の人がいれば、
周囲の人も元気が出てきます。
……第2巻・錬磨より

幸福

幸福はどこにあるのか。
それは、決して、彼方にあるのではない。
人間の胸中に、自身の生命のなかにこそあるのだ。
……第2巻・民衆の旗より

リーダー

組織《そしき》といっても人で決まる。
中心者が一人立てば、
すべては、そこから開けていくものである。
……第1巻・新世界より

戦いの勝敗も、いかに一瞬《いっしゅん》の
時を生かすかにかかっている。
友への励《はげ》ましにも、
逃《のが》してはならない「時」がある。
……第1巻・新世界より

役職というのは、
自分の境涯《きょうがい》を開く直道《じきどう》です。
やる前に、無理だと決めるのではなく、
素直《すなお》に受けて、力の限り
挑戦《ちょうせん》していくことが大事です。
……第1巻・開拓者より

新・人間革命

第1巻

章別 **ダイジェスト**

各章のあらすじ

もっと知りたいあなたに

池田SGI会長の著作から

旭日の章

◉1960（昭和35）年10月2日、山本伸一は師の遺命を胸に北南米への旅に出る。逝去直前の戸田城聖の「伸一、……君の本当の舞台は世界だよ」との言葉を胸に。その記念すべき世界への平和旅の第一歩をハワイに印したのだった。

ハワイは、日本軍の奇襲によって、太平洋戦争の火蓋が切られた地である。パール・ハーバーに立ち、「太平洋戦争の開戦の島であり、人種の坩《る》堝《つぼ》ともいうべきハワイこそ、世界に先駆けて、人類の平和の縮図の地としなければならない」と、伸一は深く決意する。

現地のメンバーとの座談会で、地区の結成を発表し、ハワイ広布への大きな布石を。一人ひとりのメンバーを温かく包み込むように励ましながら、伸一は、ひとり、未来を見つめ仏法を世界宗教として開くための構想を練る。

P10〜P15 & 旭日の章＊もっと知りたいあなたに

Database

【随筆「新・人間革命」】

◉私の文章修業
励ましの手紙に生命を刻印 ──（129）

◉起稿の天地・長野
「言論の国」から人間主義の光 ──（129）

◉執筆5周年
「広布の精神」を永遠に継承 ──（129）

◉起稿十周年
我は書く 命の続く限り ──（134）

◉世界広布の第一陣
一人の友から平和の大河に ──（129）

◉ハワイ初訪問
永遠の平和へ 旭日の旅立ち ──（130）

※（　）内は『池田大作全集』の巻数

新世界の章

◉平和旅の第2の訪問地サンフランシスコ。そこは日本の講和条約と日米安全保障条約の調印の地でもあった。伸一は、その地で、世界の冷戦の緊張と新安保条約をめぐっての国会の混乱に思いをめぐらせる。

さらなる決意で世界平和を祈りながら、現地のメンバーに信心の根本を語る。サンフランシスコでも地区を結成し、ネバダ州から来ていた夫妻と会うや、ネバダにも地区を結成することを発表。アメリカ人の夫を地区部長に任命した。日本人以外の初の地区部長の誕生だった。

さらに、座談会では、日系のメンバーたちに「アメリカの市民権を取ること」「自動車の運転免許を取ること」「英語をマスターすること」という三つを提案した。これがやがてアメリカのメンバーの誓いの「三指針」となっていく。

錦秋の章

◉平和旅の舞台はシアトル、シカゴ、トロントへ。シアトルのホテルに、重い録音機を抱えた婦人が息を切らせて訪ねてくる。自分の地域のメンバーに伸一の指導を聞かせたいという真心からの行動だった。伸一は病魔と格闘しながら、出会った一人ひとりに渾身の激励を重ねる。

次の訪問地シカゴの空港では、「威風堂々の歌」の合唱の出迎えを受ける。そのメンバーの思いに応えるかのように、同行の幹部たちにアメリカ総支部の構想やインド、ヨーロッパ訪問の計画を語る。

翌日、リンカーン・パークで、遊びの輪に入れてもらえない黒人少年を目にした伸一は、人種差別の現実に心を痛める。万人の尊厳《そんげん》と平等を説く仏法流布《ぶっぽうるふ》の意義をかみしめる。一方、参加した座談会では、さまざまな人種の人たちが和気《わき》あいあいと集っていた。

新世界の章 & 錦秋の章＊もっと知りたいあなたに

Database

【随筆「新・人間革命」】

◉ハワイからサンフランシスコへ
感動と飛躍の「未来の風」を ──(130)

◉輝け 女性教育の幸福城
白鳥の如く希望の大空へ！ ──(134)

【大道を歩む 私の人生記録 Ⅲ】

◉ローザ・パークス女史との出会い ──(127)

【私の世界交友録】

◉公民権運動の母 ローザ・パークス女史 ──(122)

【随筆「人間世紀の光」】

◉崇高なる信心の継承
『出発の光』所収

◉「広布第2幕」の新春を祝す(下)
「聖教新聞」2008年1月10日付

※(　)内は『池田大作全集』の巻数

慈光の章

◉ニューヨーク。ここでもメンバーたちの元気な「威風堂々の歌」の合唱の出迎えがあった。

伸一は、悪化する体調のなかでメンバーの激励に動く。ニューヨークにも、文化や生活習慣の違うアメリカに嫁いできた日本人女性たちの苦悩が満ちていた。そのメンバーたちの質問に答える形で、伸一は、信仰の基本を語り、大聖人の仏法の本義をわかりやすく説いていく。

さらに、ニューヨーク・タイムズの見学に行く予定の秋月に、戸田が戦中に発行していた「小学生日本」の逸話を通し、「聖教新聞を、『世界の良心』『世界の良識』といわれるような新聞にしたい」と聖教新聞の精神を熱く語る。伸一の体調は悪化していくが、ブラジル行きの中止を懇請する同行メンバーに、戸田の弟子として断じて行くとの覚悟を語り、ブラジル行きを決行する。

慈光の章＊もっと知りたいあなたに

Database

【随筆「新・人間革命」】
◉アフリカの希望の朝
不屈なる魂で築け！幸福大陸 ──（133）

【世界の指導者と語る】──（123）
◉ガーナのロビンフッド大統領
ローリングス大統領
◉南アフリカの「戦う詩人」
ムチャーリ氏

【地球市民の讃歌
──世界の指導者と語るⅡ】
◉タンザニアの「ミスター・タフガイ」
ムカパ大統領
◉「虹の国」目指す南アフリカの闘士
ムベキ大統領

【大道を歩む 私の人生記録ⅡⅢⅣ】
◉ケニア口承文学賞 ──（126）
◉正義の巌窟王マンデラ氏と会談
──（127）
◉ナイジェリア大統領と四度の会見

【私の世界交友録ⅠⅡ】──（122）
◉人権闘争の巌窟王
ネルソン・マンデラ 南アフリカ大統領
◉民主主義は「民衆の戦い」
グレド ジブチ大統領

【新たなる世紀を拓く】
◉すべての国民に自信を
ナイジェリア オバサンジョ大統領

【小説『新・人間革命』】
第23巻「学光」の章

【随筆「人間革命」】
日本正学館 ──（22）

※（　）内は『池田大作全集』の巻数

開拓者の章

◉ニューヨークからサンパウロまでの13時間の空の旅。その疲れもいとわず、サンパウロのホテルに着いた伸一は、寝る時間も惜しむように日本の同志たちに激励のハガキを書く。

ブラジルの座談会では、想像を絶するブラジルでの日系移住者の生活が次々に語られる。だが、伸一が話す仏法の力強い確信は、メンバーをみるみる希望の光で包み込んでいった。やがてメンバーの歓喜と決意は、ブラジルでの支部結成の発表で最高潮を迎える。

その後、一行は最終目的地のロサンゼルスに入り、ここでも支部の結成をする。組織や役職の意義、団結の重要性など、リーダーとしてのあり方を語る。南北アメリカの広布《こうふ》の種を蒔き、一行は帰国の途《と》につく。

開拓者の章＊もっと知りたいあなたに

Database

【随筆「新・人間革命」】

◉世界広布の太陽ブラジル

輝く希望の天地 永遠の平和の大地――(132)

◉創価大勝の出発

わが地域こそ広宣流布の最前線――(133)

【大道を歩む 私の人生記録Ⅱ】

◉十八年ぶりにブラジルを訪問――(126)

【随筆「人間世紀の光」】

◉人類の平和の大道

一人立て！ 世界広布への誉れの前進 『随筆 出発の光』所収

◉誇り高き偉大なる婦人部を讃う

「聖教新聞」2005年6月30日付

◉平和の連帯「SGI」(下)

「聖教新聞」2009年1月25日付

※(　)内は『池田大作全集』の巻数

新・人間革命

Digest

第2巻

章別 **ダイジェスト**

各章のあらすじ

もっと知りたいあなたに

池田SGI会長の著作から

先駆の章

●1960(昭和35)年5月3日。恩師・戸田城聖の7回忌までに300万世帯の達成を誓った会長就任の日から、山本伸一の怒涛のような活動が始まった。その日、全国に新しく23の新支部が結成されたのだった。

北南米の旅に出発するまでの半年間の伸一のフル回転の激闘は、思い出の地・大阪での関西総支部幹部会からスタートをきった。「座談会」と「教学」の二大方針を柱に、全国を駆け巡り、増設された新支部の結成を行っていった。

その波動は本土復帰前の沖縄にも及び、初の海外(当時)支部である沖縄支部が7月17日に結成。「3日間で3年分は働くからね」と語る伸一。その沖縄訪問の最終日に、住民を巻き込む悲惨な地上戦となった沖縄戦の戦跡を訪ね、いつの日か沖縄で戸田の伝記ともいうべき小説の筆を起こすことを決意する。

先駆の章＊もっと知りたいあなたに

Database

【随筆「人間革命」】

◉沖縄広布の朝ぼらけ ──(22)

【随筆「新・人間革命」】

◉幸福の島・沖縄
希望の世紀は 我らの手で!──(130)

◉民衆乱舞の勝利島・沖縄
広宣流布の宝土へ 舞いに舞いゆけ!──(132)

◉世界を照らす希望島
沖縄は「広宣流布」の太陽 ──(134)

◉完勝の旭日・沖縄
友よ綴れ 人間革命の大ドラマ ──(135)

※(　)内は『池田大作全集』の巻数

錬磨の章

◉沖縄から戻った伸一は、婦人部大会に出席する。席上、その年に世界で初めての女性宰相となったセイロン（現スリランカ）のバンダラナイケ首相や、日本で初の女性大臣誕生の話題を通して、いよいよ女性の時代が到来したことを語った。

数日後、青年の錬磨のため、男子部の水滸会の野外研修が、太平洋を望む犬吠埼で行われた。あらゆる機会をとらえ青年の成長を期す伸一。だが、水滸会の精神を忘れたかのような青年たちの怠惰な姿に厳しい指導をする。さらに、富津に向かい、女子部の華陽会の研修に出席する。

その年の夏季講習会では、「日興遺誡置文」を徹底して研鑽することに決める。伸一は、日興上人の峻烈なまでの大聖人直結の信心の姿勢を、参加者全員に指導する。

その後も、地方指導、青年部の体育大会など人材を錬磨していった。

錬磨の章＊もっと知りたいあなたに

Database

【随筆「新・人間革命」】
◉師弟の誓いの天地・氷川
君よ 新社会建設の英雄たれ ──（134）
『随筆 春風の城』所収

◉旭日の千葉の船出
進もう！ 友の勝利は我が喜び ──（134）

【大道を歩む 私の人生記録Ⅱ】
◉水滸の誓い ──（126）

【随筆「人間世紀の光」】
◉「女性の世紀」のヒロイン
創価の栄光の凱旋門は開かれた ──（136）

◉「池田華陽会」の前進を喜ぶ
「青春の誓い」に生きる誇り
『随筆 師弟の光』所収

◉華陽の誓い
創価の姉妹よ 使命の華と舞え！
『随筆 出発の光』所収

◉世界に輝く人間城・兵庫
我ら正義の連帯に恐れなし ──（135）

◉阪神・淡路大震災十年に祈る
人間の勇気は何ものにも不屈 ──（136）

【随筆「我らの勝利の大道」】
◉東北は人類の希望の光
最も苦労した人が 最も幸福勝利を！
『随筆 平和への大道』所収

【随筆「虹の調べ」】
◉阪神・淡路大震災
ボランティアのすすめ ──（120）

※（　）内は『池田大作全集』の巻数

勇舞の章

●時間軸は、北南米の旅の直後に。帰国後すぐの本部幹部会に出席した伸一は、各地の支部結成大会を巡る。

千葉支部の結成大会に向かう途中、終戦直後に買い出しにきた幕張での懐かしい記憶を思い出す。次の日は群馬に向かい前橋支部の結成大会を終え、その翌日の横浜での男子部総会に出席。この総会を見学していたアメリカのある宗教学者が、そこに〝生きた宗教〟の力強さを感じたと感想を語る。

さらに、沼津、甲府、松本、長野、富山と、伸一の日程はまさに一日刻みで進んでいく。それぞれの地で、出会ったメンバーと〝金の思い出〟を刻むべく、さまざまな激励が繰り広げられる。そんななかで迎えた牧口会長の17回忌法要。伸一は戦前戦中の創価教育学会への国家からの弾圧に思いを馳せる。そして、「創価教育を実証する総合的な教育機関」の開設を深く心に期《き》す。

勇舞の章＊もっと知りたいあなたに

Database

【随筆「新・人間革命」】

◉起稿の天地・長野
「言論の国」から人間主義の光 ―― (129)

◉信濃路を走る歓び
広布の道は正義の道 師子の道！ ―― (131)

◉起稿十周年
我は書く 命の続く限り ―― (134)

【随筆「人間世紀の光」】

◉人間革命の天地・信越
そびえ立つ 栄光の人材山脈 ―― (35)
『随筆 勝利の光』所収

【随筆「我らの勝利の大道」】

◉起稿二十周年の夏
「聖教新聞」2013年8月10日付

※(　)内は『池田大作全集』の巻数

民衆の旗の章

◉昭和35年11月20日の女子部総会。伸一は、参加者に戸田の「女子部は幸福になりなさい」との指導を引き、女性の幸福について話す。

その後、山形、南秋田、岩手などの支部結成大会に参加するために、東北へ向かう。昔から冷害や日照りなどの天候不順による凶作にたびたび泣いてきた東北地方。多くの人が血と涙の歴史を刻んできたその大地に生きるメンバーに、民衆のための本当の宗教の力強さを語っていく。

その後、学生祭に出席し、学生部の成長に期待を寄せる。翌月に入ると、九州、関西、中国方面への激励行に旅立つ。

年末、久しぶりに家族との時間をもった伸一。親子のふれあいが描かれるなか、彼の父親としての姿勢がつづられていく。

民衆の旗の章＊もっと知りたいあなたに

Database

【随筆「新・人間革命」】

◉信心の継承
創価の魂の光を子々孫々に――(129)

◉近隣友好の信濃町
聖教前の盆踊りは夏の風物詩――(129)

◉富士見ゆる信濃町
平和と文化と幸福の発信地――(129)

◉創価大勝の出発
わが地域こそ広宣流布の最前線――(133)

【随筆「人間世紀の光」】

◉友情の道 信頼の城
「人の振舞」こそ近隣友好の大道
『随筆 出発の光』所収

※(　)内は『池田大作全集』の巻数

新・人間革命

Digest

第3巻

章別 **ダイジェスト**

各章のあらすじ

もっと知りたいあなたに

池田SGI会長の著作から

仏法西還の章

◉「躍進の年」の始まりとなる昭和36年の元旦。学会本部での初勤行であいさつに立った山本伸一は、戸田が示した学会の三指針「一家和楽の信心」「各人が幸福をつかむ信心」「難を乗り越える信心」を確認しあう。

この年の1月末には、インド、東南アジアへの平和旅が予定されていた。その準備を進める多忙のなか、伸一は九州の3総支部、東京・両国支部の結成大会などに出席し、精力的に活動を続ける。1月28日。伸一たちは、日蓮大聖人が「顕仏未来記」で予言された「仏法西還」(西から東へと広まった仏法が、東端の日本から西へと還ること)の第一歩となる旅へと出発する。

最初の訪問地・香港では、座談会を開き、東南アジア初となる地区を結成。東洋広布を叫び続けた戸田が、この姿を見たら、どれほど喜ぶだろうかと、伸一は師を思い、感慨を深くするのだった。

仏法西還の章＊もっと知りたいあなたに

Database

【随筆「新・人間革命」】

◉「創価の世紀」の開幕
この一年 太陽の如く 富士の如く
──(129)
『随筆 桜の城』所収

◉「火の国」九州の誇り
我らが先駆！ 広宣流布の大道──(131)

◉ざくろの紅い花
民衆王よ 使命の庭で勝利の果実を！
──(131)

◉月光の城
創価の道を照らせ大月よ！
汝自身の宇宙に満足の笑顔の光を
──(131)

◉先駆こそ九州の誉れ
広布誓願に進め！ 栄光の旗──(132)

◉香港万歳！
仲よきことが人間主義の証──(129)

◉香港の大空
世紀に轟け 人生の讃歌
皆が仲間 人間共和の大行進──(130)

【対談】

◉『内なる世界──インドと日本』
──(109)

※( )内は『池田大作全集』の巻数

月氏の章

◉平和旅の次の訪問地・セイロン（現スリランカ）へと向かう機中で、伸一は将来、アジアに総支部を結成する構想を、同行の幹部たちに明かす。セイロンのコロンボ空港では、大使館で料理人として働く青年が出迎えてくれた。伸一は、青年に渾身の激励を送る。

そして、いよいよ舞台は仏法誕生の国・インドに。デリーのガンジーの記念碑の前に立った伸一は、インドが生んだ「偉大なる魂」ガンジーの思想と行動に思いを馳せる。また、仏教に帰依して慈悲の善政を行った古代インドのアショーカ王の法勅を刻んだ石柱を見学し、信教の自由と政教分離の精神について語り合った。

2月4日、旅の最大の目的であった、ブッダガヤでの「東洋広布の碑」などの埋納を、晴天のもと、無事に終了。伸一には師・戸田城聖が空の上から見守ってくれているように思えるのだった。

月氏の章＊もっと知りたいあなたに

Database

【随筆「新・人間革命」】

◉人間のなかへ
大勝利の「民衆王」に喝采！ ──(129)

◉アメリカ創価大学の入学式
新世紀の希望の宝 第一期生 ──(132)

◉民衆の中へ　民衆と共に
「広布の大指導者」の弟子よ立て ──(133)
『随筆 春風の城』所収

◉「正義の言論」の勝利
世界に赫々たり 創価の太陽 ──(134)

【随筆「人間世紀の光」】

◉わが常勝の関西城
見よ！ 無敵の民衆の底力を ──(135)

※(　)内は『池田大作全集』の巻数

仏陀の章

◉「東洋広布の碑」などの埋納を終え、釈尊成道の地であるブッダガヤを散策する一行――。伸一は、古代からさほど変わっていないと思われる景観を眺めながら、釈尊在世の時代へと思いを馳せる。そこから、釈尊の生涯がたどられていく。
　小国釈迦族の王子として生まれ、何不自由ない暮らしをしていた釈尊だが、万人が避けることのできない生老病死の苦悩の根源的解決を求め、深い葛藤の末、王子の座を捨てて出家する。長い修行の果てに生命の永遠の法を悟った釈尊は、その法を弘めるため広大なインドを歩き、人びとを蘇生させていった。教団破壊を狙った提婆達多の反逆など、数々の大難も悠々と乗り越えた。そして、釈尊は死の寸前まで民衆を思い、法を説き続けた。何よりもその振る舞いによって偉大であった一人の人間としての釈尊像が、活写されていく。

仏陀の章＊もっと知りたいあなたに

Database

【随筆「新・人間革命」】

◉「釈尊の対話」に学ぶ
正義を語れ 叫べ 人間の中で！――(132)

◉広宣流布の王者
創価の正義は嵐を越えて厳たり
――(133)

【随筆「人間世紀の光」】

◉如説修行の誉れ
創価学会は仏意仏勅！「3・16」の大宣言
――(135)

◉偉大なり 創価の婦人部③
母は慈愛の平和の大地！
新しき社会の勇気の柱――(135)
『随筆 人間世紀の光』所収

◉幸福の宝冠 輝く婦人部
皆様こそ「勝利拡大」の大博士
――(136)

◉正義の師・戸田先生
悪と戦え！ そこに「師弟」の真髄
――(136)
『随筆 旭日の光』所収

※(　)内は『池田大作全集』の巻数

平和の光の章

◉一行はビルマ（現ミャンマー）へ。ラングーン（現ヤンゴン）の空港では、二人のメンバーらが出迎えてくれた。ビルマは、「インパール作戦」のために、多くの日本兵が命を落とした地である。伸一の長兄・喜久夫も、この国で戦死していた。伸一は、亡き兄を思い、その回想はやがて、戦時中の思想統制、牧口初代会長の殉難についての思索へと進む。

ビルマからタイに入った伸一は、そこで、各国との芸術交流を進める財団や、東洋の哲学・文化の研究機関の設立構想を語る。その構想はのちに、民主音楽協会や東洋哲学研究所などとして実現する。

そして、最後の訪問地・カンボジアへ。アンコール・ワットを訪ねた伸一は、栄華を誇った王朝の廃墟と化した遺跡を見て、「後継の人」の大切さを痛感。師の精神を正しく継承しゆくことを、改めて誓った。

再びタイを経て香港に戻り、平和旅は終わる。アジア各地に地区を結成し、東洋広布を大きく前進させた意義深い旅であった。

平和の光の章＊もっと知りたいあなたに

Database

【随筆「新・人間革命」】

◉平和の翼
「世界不戦」は、わが魂の叫び――（129）

◉長兄の出征
我らは絶対に「戦争」に反対！――（131）

◉思い出の森ヶ崎
「平和の世紀」建設こそわが使命――（131）

◉カンボジアの夜明け
民衆よ輝け 平和の太陽よ昇れ！――（132）

◉「女性の世紀」の主役
平和を創る 創価の母の大行進――（133）

◉わが新生の八月
戦争から平和へ 正義の我らの魂――（134）

※（　）内は『池田大作全集』の巻数

『新・人間革命』第1巻〜3巻で引用された御書（創価学会版『日蓮大聖人御書全集』）の索引

第三代会長就任《しゅうにん》という学会の新出発にあたり、山本伸一が運動の柱として打ち出したのが、「座談会」と「教学」の二本柱でした。「仏法《ぶっぽう》の大哲理《だいてつり》を自己の生き方の哲学とし、人生の骨格《こっかく》にしてこそ、崩《くず》れざる幸福を打ち立てることができる」――（「先駆《せんく》」の章）。

仏の振《ふ》る舞《ま》いは、人民のためにある。
平和のためにある。人びとをして幸福にせしめるためにある。
全世界の救済《きゅうさい》である。その原点ともいうべき、
信仰《しんこう》の推進力《すいしんりょく》になるのが、教学《きょうがく》である。
ゆえに、教学なき信仰はなく、教学は必ず信仰の源泉《げんせん》となるのだ。

――随筆《ずいひつ》「新・人間革命」教学研鑽《けんさん》の喜びより

1巻

ページ	御書	引用	章
265	撰時抄	「法華経の大白法の日本国並びに一閻浮提に～」	旭日
1430	盂蘭盆御書	「法華経を信じまいらせし大善は～」	
1360	諸法実相抄	「男女はきらふべからず」	新世界
1124	経王殿御返事	「南無妙法蓮華経は師子吼の如し～」	錦秋
955	富木入道殿御返事	「命限り有り惜む可からず遂に願う可きは仏国也」	
1025	曾谷入道殿御返事	「心の師とはなるとも心を師とせざれ」	開拓者
1087	兄弟抄	「此の法門を申すには必ず魔出来すべし～」	あとがき

2巻

ページ	御書	引用	章
26	立正安国論	「蒼蠅驥尾に附して万里を渡り～」	先駆
502	如説修行抄	「妙法五字の旗を指上て」	
232	開目抄	「詮ずるところは天もすて給え～」	
957	佐渡御書	「邪法の僧等が方人をなして智者を失はん時は～」	
1190	聖人御難事	「よからんは不思議わるからんは一定とをもへ」	
1337	生死一大事血脈抄	「臨終只今にあり」	
1300	大悪大善御書	「大悪をこれば大善きたる」	
383	一生成仏抄	「仏の名を唱へ経巻をよみ～」	錬磨
758	御義口伝	「一切衆生の異の苦を受くるは～」	
1360	諸法実相抄	「喜悦はかりなし」	

頁	御書	引用	章
1617	日興遺誡置文	「……後学の為に条目を筆端に染むる事、〜」	錬磨
1617	日興遺誡置文	「富士の立義聊も先師の御弘通に違せざる事」	
1618	日興遺誡置文	「未だ広宣流布せざる間は〜」	
1618	日興遺誡置文	「身軽法重の行者に於ては〜」	
781	御義口伝	「最上第一の相伝」	
1618	日興遺誡置文	「時の貫首為りと雖も仏法に相違して〜」	
1618	日興遺誡置文	「衆議為りと雖も仏法に相違有らば〜」	
1619	日興遺誡置文	「万年救護の為に二十六箇条を置く〜」	
1253	妙一尼御前御消息	「法華経を信ずる人は冬のごとし〜」	
1124	経王殿御返事	「師子王は前三後一と申して〜」 ※文中では、意訳として記載	勇舞
1382	松野殿御返事	「忘れても法華経を持つ者をば互に毀るべからざるか」	
383	一生成仏抄	「若し己心の外に法ありと思はば全く妙法にあらず」	
1618	日興遺誡置文	「謗法の供養を請く可からざる事」	
903	寂日房御書	「かかる者の弟子檀那とならん人人は〜」	
989	四菩薩造立抄	「総じて日蓮が弟子と云つて〜」	
1337	生死一大事血脈抄	「異体同心にして南無妙法蓮華経と唱え奉る処を〜」	
856	百六箇抄	「法自ら弘まらず人・法を弘むる故に人法ともに尊し」	
171	平左衛門尉頼綱への御状	「貴殿は一天の屋梁為り万民の手足為り」	民衆の旗
1554	上野殿御返事	「王は民を親とし」	
1169	四条金吾殿御返事	「仏法と申すは道理なり」	
339	四信五品抄	「教弥よ実なれば位弥よ下れり」	

3巻

章	引用	御書	ページ
仏法西還	「月は西より東に向へり 月氏の仏法の東へ流るべき相なり～」	諫暁八幡抄	588
	「時を待つ可き」	三大秘法稟承事	1022
	「されば先臨終の事を習うて後に他事を習うべし」	妙法尼御前御返事	1404
	「皆地涌の菩薩の出現に非ずんば唱へがたき題目なり」	諸法実相抄	1360
月氏	「若し善比丘法を壊る者を見て置いて呵責し駈遣し～」	開目抄	236
	「悪侶を誡めずんば豈善事を成さんや」	立正安国論	21
	「如かず彼の万祈を修せんよりは 此の一凶を禁ぜんには」	立正安国論	24
	「日蓮が仏にならん第一のかたうどは 景信・法師には良観～」	種種御振舞御書	917
	「願くは我を損ずる国主等をば最初に之を導かん」	顕仏未来記	509
仏陀	「親の想を生す」	種種御振舞御書	917
	「強敵を伏して始て力士をしる」	佐渡御書	957
平和の光	「王地に生れたれば 身をば随えられたてまつるやうなりとも～」	撰時抄	287
	「……一念に億劫の辛労を尽せば 本来無作の三身念念に～」	御義口伝	790

小説『人間革命』、『新・人間革命』に見る 戦後史年表

昭和20年

主な出来事

- 3・10 東京大空襲
- 4・1 米軍、沖縄本島に上陸開始（沖縄戦の記述は、①「再建」❷「先駆」）
- 7・16 アメリカで原爆完成（❷「先駆」）
- 7・26 ポツダム宣言（①「終戦前後」、❷「先駆」）
- 8・6 広島に原爆投下（①「終戦前後」）
- 8・9 長崎に原爆投下（①「終戦前後」）
- 8・15 終戦。天皇の玉音放送（①「終戦前後」）
- 8・20 ソ連軍、樺太・真岡に進攻
- 8・30 マッカーサー元帥、厚木に到着（①「占領」）
- 9・11 A級戦犯の逮捕指令（①「占領」）
- 9・26 三木清、豊多摩刑務所で獄死（①「占領」）
- 10・10 治安維持法撤廃（①「占領」）
- 12・15 神道の国家からの分離（①「千里の道」）
- 12・17 婦人参政権等を規定した新選挙法公布

生活

- 7月 職人たちの焼夷弾談義（①「黎明」）
- 7月 食料配給の実態（①「再建」）
- 9月 千葉へイモの買い出し（❷「勇舞」）
- 9・20 文部省が教科書を墨で塗りつぶす通達を出す
- 10月 「リンゴの歌」大流行

学会

- 7・3 戸田城聖、豊多摩刑務所から出獄
- 10月 戸田の健在を知り、戦前の会員が次第に日本正学館に集まる
- 11・18 牧口常三郎初代会長の一周忌法要

昭和21年

主な出来事

- 1・1 天皇の人間宣言（①「胎動」）
- 2月 GHQによる農地改革進む（①「千里の道」、②「光と影」）
- 2・17 新円発行（①「胎動」）
- 5・3 極東国際軍事裁判（東京裁判）開廷
- 5・22 第1次吉田内閣成立
- 11・3 新憲法（日本国憲法）公布（②「序曲」）

生活

- 1月 木炭自動車（①「千里の道」）
- 4・22 『夕刊フクニチ』に「サザエさん」の連載始まる

学会

- 1・1 法華経講義開始
- 3月 会の名称を「創価学会」に改称
- 8・7 戦後初の夏季講習会

昭和22年

主な出来事

- 1・31 2・1ゼネスト中止（②「光と影」）
- 3・31 6・3制の新学制実施（②「地涌」）
- 4・20 第1回参議院議員選挙
- 4・25 戦後初の衆議院議員選挙（②「地涌」）

生活

- 2・25 八高線で買い出しの人を満載した列車が転覆
- 4・8 公共職業安定所発足
- 9月 「東京ブギウギ」が大ヒット

学会

- 8・14 山本伸一、戸田城聖に出会う

①②…巻数のみは『人間革命』　❶❷…白ヌキ数字は『新・人間革命』

昭和　年

6・1 片山内閣（社会党首班連立内閣）成立（②「地涌」）
8・15 インド独立（②「車軸」、❸「月氏」）
9・12 中共軍、総反撃を宣言（②「車軸」）
11・6 ソ連が核保有を暗示（②「車軸」）

10・11 東京地裁の判事が配給生活を守り餓死（②「車軸」）
12・1 100万円宝くじ発売
12・1 酒類、自由販売になる

8・24 伸一が入信
10・19 第2回創価学会総会

昭和　年

1・26 帝銀事件（③「新生」）
1・30 ガンジー暗殺（❸「月氏」）
3・10 芦田内閣成立（③「新生」）
4・1 ベルリン封鎖（③「漣」）
6月 昭和電工事件（③「漣」）
8・19 東宝、砧撮影所争議（③「漣」）
10・15 第2次吉田内閣成立（③「漣」）
11・12 東京裁判の判決（③「宣告」）ニュルンベルク裁判やマニラのBC級戦犯裁判の記述も）
11月 賃金3原則実施（③「漣」）
12・18 GHQ経済安定9原則（ドッジ・ライン）を発表（③「宣告」）

2・20 東京都が都内の家庭にナベとヤカンを希望配給
4・1 新制高校発足
5・1 美空ひばりデビュー
5・2 「サマータイム」を導入。だが民衆になじまず27年に廃止
5・30 渋谷に東急百貨店が誕生
9・16 マッチが自由販売になる
9・20 『暮らしの手帖』創刊
10・1 警視庁「110番」を設置
― 当時のインフレの様子（③「渦中」）

昭和　年

1月 GHQの政策転換（④「時流」）
1・23 第24回（戦後3回目）衆院選（③「道程」）
3・1 ドッジ・ラインの徹底（④「時流」、「波紋」）
5・6 東西ドイツ成立（④「時流」）
7～8月 下山・三鷹・松川事件（④「波紋」）
9・25 ソ連が核保有を公表（④「波紋」）
10・1 中華人民共和国成立（③「漣」、④「波紋」）

1・2 NHKラジオ「私は誰でしょう?」放送開始
1・15 初の「成人の日」実施
3・31 東京消防庁「119番」を設置
4・23 為替レート、1ドル＝360円
9・24 上野動物園にインド象がくる
11・3 新聞の夕刊が復活。雑誌の復刊が相次ぐ（④「波紋」）
12月 丸型郵便ポスト登場

1・3 伸一、戸田の経営する日本正学館に入社
5月 伸一、「冒険少年」の編集長に（8月号から「少年日本」に改題）
7・10 「大白蓮華」創刊
― 戸田の事業が苦境に

昭和25年

主な出来事
1・1 マッカーサーが年頭声明で日本の自衛権を強調する（④「疾風」）
4・15 公職選挙法公布
6・6 マッカーサー、共産党幹部の公職追放を指示（④「疾風」）
6・25 朝鮮戦争勃発（④「疾風」）
7・8 警察予備隊創設（④「疾風」、❶「新世界」）
7・28 レッドパージ始まる（④「疾風」）

生活
7月～ 朝鮮特需景気（④「怒濤」）
11・10 NHKテレビの実験放送開始

学会
8・24 戸田は学会理事長を辞任する意向を発表
11・12 牧口初代会長の七回忌法要

昭和26年

主な出来事
4・11 マッカーサー解任。帰国する
7・10 朝鮮戦争休戦会談（⑤「戦争と講和」）
9・8 日米安保条約調印（⑤「戦争と講和」）
9・8 対日講和条約調印（⑤「戦争と講和」、❶「新世界」、❸「月氏」）

生活
4・1 米屋が民営で営業開始
5・6 ラジオ体操復活
6・4 公営住宅法公布（7月施行）
10・22 戦後初の民間航空機・日航「もく星号」が就航

学会
4・20 「聖教新聞」創刊
5・3 戸田、第2代会長就任
7月 男女青年部結成

昭和27年

主な出来事
4・1 琉球中央政府発足
4・28 講和条約、安保条約発効（⑥「七百年祭」）
5・1 血のメーデー事件（⑥「推移」）
7・21 破壊活動防止法公布（⑥「推移」）
8・6 広島の原爆慰霊碑が除幕
10・15 保安隊発足

生活
1・23 NHK、初の国会中継
4・10 NHKラジオ劇「君の名は」放送開始
8・6 『アサヒグラフ』が原爆被害写真を初公開
12・20 東京に初のボウリング場

学会
4・28 『御書全集』発刊
8・27 創価学会が宗教法人として正式に発足

昭和28年

主な出来事
1・20 アイゼンハワーが米大統領に（⑦「飛翔」）
2月 ブラジルへ戦後初の移住（❶「開拓者」）
3・5 ソ連のスターリン死去（⑦「飛翔」）
3・14 吉田内閣「バカヤロウ解散」（⑦「飛翔」）
7・27 朝鮮戦争休戦協定調印
12・25 米軍占領下だった奄美群島復帰

生活
2・1 NHKが本格的テレビ放送開始。8月には日本テレビが民放初の放送を開始し、街頭テレビが人気に

学会
4・20 伸一、文京支部長代理に。7月には、新編成の水滸会も発足
11・13 本部が信濃町に移転

昭和29年

- 1・2 皇居の一般参賀の混乱で参賀客が圧死（⑧「明暗」）
- 2・23 造船疑獄（⑧「明暗」）
- 3・1 ビキニ環礁でのアメリカの水爆実験で、第5福竜丸が被曝（⑧「明暗」）
- 5月 原水爆禁止運動が各地で活発化（⑧「明暗」）
- 6・9 自衛隊の発足（❶「新世界」）
- 9・26 青函連絡船「洞爺丸」が転覆（❶「旭日」）
- 12・7 第5次吉田内閣総辞職
- 12・10 鳩山内閣成立

- 2・1 マリリン・モンロー来日
- 2・19 力道山・木村対シャープ兄弟戦。プロレス人気高まる
- 11・3 映画『ゴジラ』封切り

- 3・30 伸一、新設の青年部の室長になる
- 8・1 戸田城聖著の『人間革命』連載完結
- 9・4 水滸会の第1回野外研修（氷川）

昭和30年

- 2・27 NHKテレビ、初の選挙開票速報
- 4・23 第3回地方統一選挙に学会推薦候補が進出（⑨「展開」）
- 5・8 立川基地拡張反対運動＝砂川闘争の始まり
- 7・20 経済企画庁が設置
- 8・6 広島で第1回原水爆禁止世界大会（⑧「明暗」、⑨「上げ潮」）
- 8月 森永ヒ素ミルク事件
- 10・13 社会党統一大会
- 11・15 自由民主党結成。いわゆる55年体制の発足

- 1・7 トヨタ自動車、「トヨペット・クラウン」発表
- 7・9 後楽園遊園地開園。初のジェットコースター登場
- ― 「家電時代」到来。電気洗濯機がブームに

- 1・27 大阪で「蓮華寺事件」が起こる
- 3・11 「小樽問答」（小樽市公会堂）。身延の日蓮宗との公開法論で、学会側が大勝利をおさめる。

昭和31年

- 5・14 日ソ漁業条約調印
- 5・24 売春防止法公布（施行は32年4月1日）
- 7・8 第4回参院選（⑩「険路」）
- 10・19 日ソ国交回復に関する共同宣言調印
- 10・23 ハンガリーのブダペストで反政府暴動。ソ連軍が11月4日に出動（⑪「転機」）
- 10・30 スエズ動乱（⑪「転機」）
- 12・18 日本の国連加盟
- 12・23 石橋湛山内閣成立（⑪「波瀾」）

- 3・19 日本住宅公団、入居者募集を開始する
- 5・27 「読売新聞」日曜クイズ連載開始。クイズブーム
- 7・17 『経済白書』が「もはや戦後ではない」と発表（❶「新世界」）

- 5月 大阪支部が月間折伏成果1万1,111世帯という広布史上不滅の金字塔を打ち立てる
- 7・8 第4回参院選投票日（3人当選）

昭和32年

主な出来事

1・29 南極に昭和基地設営
2・25 岸内閣成立（❶「新世界」）
4・23 参議院大阪地方区補欠選挙（⑪「波瀾」、⑪「大阪」）
8・26 ソ連ICBM開発＝米は12月（⑫「宣言」、❶「新世界」）
8・27 日本で第1号の原子炉に火がともる
10・4 ソ連、人工衛星スプートニクの打ち上げ成功

生活

5・8 コカ・コーラが一般発売
6月 NHKテレビ受信契約約50万台を突破する
7・1 東京都、都市人口世界一に
7月 日本初の盲導犬が誕生
12・11 百円硬貨発行
12・24 NHKがFM放送開始

学会

6月 夕張炭労事件
6・30 学生部結成大会
7・3 伸一、大阪府警に選挙違反の容疑で出頭、逮捕、勾留。17日釈放

昭和33年

主な出来事

1・31 米、人口衛星第1号打ち上げ成功
3・9 世界初の海底道路＝関門トンネル開通
10・4 安保条約改定の日米協議（❶「新世界」）
10・8 警職法改定案、衆議院に提出。以後、警職法改悪反対闘争が活発化（❶「新世界」）
10・28 教員の勤務評定反対闘争（❶「新世界」）
11・27 皇太子・美智子さん婚約発表（❶「新世界」）
12・23 東京タワー完成（❷「民衆の旗」）

生活

2・3 初代「若乃花」が横綱に。栃若時代の到来
2・24 「月光仮面」（TBS系）放送開始。大ヒット
8・25 日清食品が世界初の即席麺「チキンラーメン」発売

学会

3・16 広布の記念式典
4・2 戸田城聖逝去
5・3 第18回春季総会。席上、伸一が「七つの鐘」構想を発表

昭和34年

主な出来事

1・1 キューバ革命（❷「勇舞」）
3・28 安保改定阻止国民会議（❶「新世界」）
4・10 皇太子の結婚パレード
9・26 伊勢湾台風（❷「錬磨」、❸「仏法西還」）
10月 社会党離党者、社会クラブを旗揚げ。翌年1月、民主社会党を結成（❶「新世界」）
11・27 安保阻止のデモ隊国会突入（❶「新世界」）

生活

1・1 メートル法施行
7・3 大阪空港が国際空港になる
8・1 日産自動車「ダットサン・ブルーバード」を発表。マイカー時代の到来
12・3 個人タクシー営業許可

学会

1・1 「聖教グラフ」創刊
9・13 第2回全国体育大会

1・16 岸首相訪米（❶「新世界」）
1・19 日米安保条約（新安保条約）調印（❶「新世界」）
1・24 社会党が分裂し民主社会党（民社党）が結成
2・19 衆議院特別委員会で新安保条約の実質審議開始（❶「新世界」）
4・28 沖縄県祖国復帰協議会結成
5・20 新安保条約国会で強行採決（❶「新世界」）
5・24 チリ津波（❷「先駆」）
6・15 安保改定阻止第2次実力行使。東大生・樺美智子さん死亡（❶「新世界」、安保闘争に関しては❷「先駆」、樺美智子さん国民葬❷「民衆の旗」）
6・19 新安保条約自然承認（❶「新世界」）
6・19 沖縄祖国復帰デモ（❷「先駆」）
7・1 自治庁が自治省に昇格
7・15 岸内閣総辞職
7・19 池田内閣成立、日本初の女性大臣誕生（❶「新世界」、女性大臣に関しては❷「錬磨」）
9・22 皇太子夫妻訪米（❶「錦秋」）
10・12 社会党浅沼委員長刺殺（❶「錦秋」）
11月 『中央公論』に掲載された小説「風流夢譚」（深沢七郎）で右翼が中央公論社に抗議
12・8 第2次池田内閣成立（❷「民衆の旗」）
12・27 所得倍増計画閣議決定（❷「民衆の旗」）

1・1 ピンク色の公衆電話が登場
2・1 東京・丸の内に初の地下駐車場
3月 即席麺が相次いで発売され、インスタント時代に突入
4月 タカラが「ダッコちゃん」を発売。爆発的に売れる
5・28 トキが国際保護鳥に
6・20 初のロングサイズのタバコ「ハイライト」発売
6月 ホンコンフラワーを初輸入。大ブームに
8・10 インスタント・コーヒーが相次いで発売
8・25 ローマ五輪開幕
10・15 大洋ホエールズ、日本シリーズで初優勝
10月 浅沼事件を契機に刃物追放運動が起こり、鉛筆削りの売上げが伸びる

5・3 伸一、第3代会長就任
10・2 初の海外訪問へ出発。北南米の旅に

本書は月刊「パンプキン」
（２０１３年４月号から２０１４年５月号）に連載された
「データで学ぶ『新・人間革命』」を
単行本化にあたり、修正・加筆したものです。

本書の各種データは２０１８年11月現在のものです。

データで学ぶ『新・人間革命』

VOL.1（第1巻～3巻）

2014年5月20日 初版発行
2021年5月 3 日 5刷発行

編 者	パンプキン編集部
発行者	南晋三
発行所	株式会社 潮出版社
	〒102-8110 東京都千代田区一番町6 一番町SQUARE
電 話	03-3230-0781(編集)
	03-3230-0741(営業)
振替口座	00150-5-61090
印刷・製本	大日本印刷株式会社
	ISBN978-4-267-01981-4 C0095

装丁・本文レイアウト	茶谷寿子
構成・文	前原政之 鳥飼新市 川田典由
写真、挿絵提供	聖教新聞社
画	内田健一郎
編集協力	友納加代子

www.usio.co.jp